MAQUIAVEL

O Príncipe

MAQUIAVEL
(Niccolò Machiavelli)

O Príncipe

TEXTO INTEGRAL

Tradução
Ciro Mioranza

Lafonte

2020 • Brasil

Título original: Il Principe
Copyright da tradução © Editora Lafonte Ltda., 2020

Todos os direitos reservados.
Nenhuma parte deste livro pode ser reproduzida sob quaisquer
meios existentes sem autorização por escrito dos editores.

Direção Editorial *Ethel Santaella*
Tradução *Ciro Mioranza*
Revisão *Nazaré Baracho*
Diagramação *Eduardo Nojiri*
Capa *Demetrios Cardozo*
Imagem *Lourenço de Médici em pintura de Rafael Sanzio/ Wikimedia.org*

```
Dados Internacionais de Catalogação na Publicação (CIP)
           (Câmara Brasileira do Livro, SP, Brasil)

Machiavelli, Niccolò, 1469-1527
   O príncipe / Niccolò Machiavelli ; tradução Ciro
Mioranza. -- 1. ed. -- São Paulo : Lafonte, 2020.

   Título original: IL Principe
   "Texto integral"
   ISBN 978-65-5870-032-6

   1. Ciência política 2. Política I. Título.

20-47228                                          CDD-320
```
Índices para catálogo sistemático:

1. Ciência política   320
2. Política   320

Editora Lafonte
Av. Profª Ida Kolb, 551, Casa Verde, CEP 02518-000
São Paulo-SP, Brasil - Tel.: (+55) 11 3855-2100
Atendimento ao leitor (+55) 11 3855- 2216 / 11 – 3855 - 2213 – *atendimento@editoralafonte.com.br*
Venda de livros avulsos (+55) 11 3855 - 2216 – *vendas@editoralafonte.com.br*
Venda de livros no atacado (+55) 11 3855 - 2275 – *atacado@escala.com.br*

Índice

Apresentação **7**

O Príncipe **9**
Dedicatória e Introdução **11**

Capítulo I
De quantas espécies são os principados e
de que modo podem ser conquistados **13**

Capítulo II
Dos principados hereditários **15**

Capítulo III
Dos principados mistos **17**

Capítulo IV
Por que o reino de Dario,
ocupado por Alexandre, não se rebelou contra
seus sucessores após a morte deste **27**

Capítulo V
Como devem ser governados os principados ou
as cidades que, antes de serem ocupados,
viviam com suas próprias leis **31**

Capítulo VI
Dos principados novos que são conquistados
com armas próprias e virtuosamente **33**

Capítulo VII
Dos principados novos que são conquistados
com as armas e a sorte dos outros **37**

Capítulo VIII
Daqueles que conquistaram principados
por meio de crimes **45**

Capítulo IX
Do principado civil **49**

Capítulo X
Como devem ser consideradas as forças
de todos os principados **53**

Capítulo XI
Dos principados eclesiásticos **57**

Capítulo XII
De quantas espécies são as milícias e
dos soldados mercenários **61**

Capítulo XIII
Dos soldados auxiliares, mistos e próprios **67**

Capítulo XIV
O que compete a um príncipe acerca da milícia **71**

Capítulo XV
Daquelas coisas pelas quais os homens, e
especialmente os Príncipes, são Louvados ou
censurados **75**

Capítulo XVI
Da liberalidade e da parcimônia **77**

Capítulo XVII
Da crueldade e da piedade; se é melhor ser amado
que temido ou antes temido que amado **81**

Capítulo XVIII
De que modo os príncipes devem
manter a palavra dada **85**

Capítulo XIX
De que modo se deve evitar
ser desprezado e odiado **89**

Capítulo XX
Se as fortalezas e muitas outras coisas
que a cada dia são feitas pelos príncipes
são úteis ou não **99**

Capítulo XXI
O que convém a um príncipe para ser estimado **105**

Capítulo XXII
Dos ministros que os príncipes têm junto de si **109**

Capítulo XXIII
Como se deve evitar os aduladores **111**

Capítulo XXIV
Porque os príncipes da Itália
perderam seus estados **115**

Capítulo XXV
Quanto pode a sorte nas coisas humanas e
de que modo se deve resistir a ela **117**

Capítulo XXVI
Exortação para tomar a defesa da Itália e
libertá-la das mãos dos bárbaros **121**

Vida e obras do autor **126**
Principais Obras **127**

Apresentação

Faz quase cinco séculos que *O Príncipe* de Maquiavel (Niccolò Machiavelli) foi publicado. De fato, um editor de Roma o imprimiu em 1532, cinco anos após a morte do autor. O que se poderia dizer de um livro que alcançou tanta fama, que provocou a ira de muitos setores da sociedade da época, a era bem como dos séculos posteriores? O que se poderia dizer de um livro que deixou a muitos perplexos pelos conceitos expostos, que deixou a muitos revoltados com os ataques desferidos pelo autor contra princípios morais e cristãos considerados intocáveis, mas que deixou a muitos sumamente satisfeitos pela visão histórica e política desse intelecto privilegiado e brilhante?

Desde o século XVI até nossos dias, foram escritos centenas e milhares de textos comentando *O Príncipe*. Maquiavel foi, neles, criticado, execrado, mas foi também muito elogiado. Foi neles tratado de imoral, pérfido, homem sem princípios, irreverente, destruidor das leis e instituições que regem a sociedade, demolidor dos princípios religiosos, truculento, leviano, irresponsável, além de todos os qualificativos que se possa imaginar. Mas mereceu também todos os louvores por sua coragem e intrepidez, por sua análise de uma sociedade decadente e atrelada a um sistema de religião que mais a prejudicava que a beneficiava. O maior elogio que Maquiavel mereceu por esse livro veio dos muitos escritores que o consideraram, não somente um dos intelectos mais brilhantes de sua época, mas o pai da política moderna, o fundador da ciência política.

O Príncipe

NICOLAUS MACLAVELLUS
MAGNIFICO LAURENTIO MEDICI JUNIORI SALUTEM

NICOLAU MACHIAVELLI,
AO MAGNÍFICO JOVEM LORENZO DEI MEDICI, SAÚDE[1]

Dedicatória e Introdução

Aqueles que desejam conquistar as graças de um príncipe costumam, na maioria das vezes, oferecer-lhe aquelas coisas que consideram mais caras ou que julgam que mais lhe causem agrado. Por isso, pode-se observar que muitas vezes lhe são oferecidos cavalos, armas, tecidos bordados a ouro, pedras preciosas e outros ornamentos semelhantes, dignos de sua grandeza.

De minha parte, desejando, portanto, oferecer um testemunho de minha dedicação a Vossa Magnificência, não encontrei, entre meus haveres, coisa que me seja mais cara ou que tanto estime, quanto o conhecimento das ações dos grandes homens que aprendi por meio de uma longa experiência das coisas modernas e uma contínua leitura das antigas. Com grande diligência, tendo longamente perscrutado e examinado a ambas, e agora reduzidas a um pequeno volume, envio a Vossa Magnificência.

---
(1) O título "Dedicatória e introdução" não consta no original.
O opúsculo é dedicado a Lorenzo dei Medici (1492-1519) que governou o Grão-Ducado de Florença a partir de 1513, sob a tutela e a autoridade de seu tio, o Papa Leão X, cujo nome era Giovanni dei Medici.

E embora julgue esta obra indigna da presença de Vossa Magnificência, tenho bastante confiança, entretanto, que por sua benignidade deva ser aceita, considerando que, de minha parte, não lhe possa oferecer maior presente do que dar-lhe a faculdade de poder, em brevíssimo tempo, compreender tudo aquilo que eu, em tantos anos e com tantos incômodos e perigos, cheguei a conhecer e compreender.

Não ornei esta obra, nem a enchi de frases ricas ou de palavras pomposas e magníficas ou de qualquer embelezamento artificial e ornamento superficial, com os quais muitos costumam compor e enfeitar seus textos. Isto porque não quis que qualquer outra coisa a valorize ou que somente a variedade da matéria e a gravidade do assunto a tornem agradável.

Nem desejo que se considere presunção, se um homem de baixa e ínfima condição ousa examinar e ditar regras aos governos dos príncipes, porque assim como aqueles que desenham a paisagem se colocam em áreas baixas para considerar a natureza dos montes e dos lugares altos e, para observar aquela dos lugares baixos, se colocam no alto, sobre os montes, assim também, para bem conhecer o caráter dos povos, é preciso ser príncipe e, para bem conhecer aquele do príncipe, é preciso ser do povo.

Receba, pois, Vossa Magnificência este pequeno presente com aquele espírito com que o envio. Se este, uma vez diligentemente considerado e lido, nele haverá de encontrar meu maior desejo para que Vossa Magnificência consiga aquela grandeza que a fortuna e as outras suas qualidades lhe prometem.

E se Vossa Magnificência, do ápice de sua alteza, alguma vez volver os olhos para baixo, haverá de observar quão imerecidamente suporto uma grande e contínua desventura.

Nicolai Maclavelli de Principatibus
Ad magnificum Laurentium Medicem[1]

De Niccolò Machiavelli, dos Principados[2]
Ao magnífico Lorenzo dei Medici

Capítulo I
DE QUANTAS ESPÉCIES SÃO OS PRINCIPADOS E DE QUE MODO PODEM SER CONQUISTADOS
(QUOT SINT GENERA PRINCIPATUUM ET QUIBUS MODIS ACQUIRANTUR)[3]

Todos os Estados, todos os governos que tiveram e têm poder sobre os homens, foram e são ou repúblicas ou principados.

Os principados são hereditários, quando pelo sangue seu senhor tenha sido desde longo tempo príncipe, ou são novos.

Os novos podem ser totalmente novos, como foi Milão para Francisco Sforza, ou o são como membros acrescidos ao Estado hereditário do príncipe que os conquista, como é o caso do reino de Nápoles em relação ao rei da Espanha.

Esses domínios assim adquiridos estão acostumados a viver submetidos a um príncipe ou habituados a ser livres e são conquistados com as armas de outros ou com as próprias ou ainda pela sorte ou por virtude.

---

(1) Maquiavel repete a dedicatória a Lorenzo de' Medici, como consta na introdução, embora levemente alterada.
(2) O título original do livro de Maquiavel era De Principatibus (Dos Principados). O título Il Principe (O Príncipe) se deve ao editor Antonio Blado que publicou a primeira edição da obra em Roma, no ano de 1532, portanto, cinco anos após a morte do autor. Embora em suas cartas a amigos, Maquiavel se refira sempre a este opúsculo, em que trabalhava ou que já havia concluído, com o título De Principatibus, em sua obra Discorsi (III, 42) o menciona como Trattato de Principe (Tratado sobre o Príncipe). Parece, no entanto, que o título definitivo foi escolha do citado editor. A bem da verdade, a primeira parte trata realmente dos principados, mas a segunda é dedicada especificamente aos príncipes. De qualquer forma, o título Il Principe prevaleceu em todas as edições posteriores.
(3) Cumpre ressaltar que, nos originais, o título de cada capítulo aparece em latim, mas o texto de todo o livro de Maquiavel está escrito em italiano. Por esse motivo, conservou-se o título original latino dos capítulos, disposto entre parênteses, abaixo de sua tradução.

Capítulo II

DOS PRINCIPADOS HEREDITÁRIOS
(DE PRINCIPATIBUS HEREDITARIIS)

Vou deixar de tratar aqui das repúblicas porque delas tratei longamente em outro local[1]. Vou dedicar-me somente aos principados, tecerei considerações sobre os temas enunciados acima, discutindo como esses principados podem ser governados e mantidos.

Afirmo, portanto, que, nos Estados hereditários e afeiçoados à linhagem de seu príncipe, são bem menores as dificuldades em mantê-los do que nos novos, porque basta não preterir os costumes dos antepassados e, depois, saber governar de acordo com as circunstâncias, de modo que, se tal príncipe for dotado de ordinária capacidade, sempre se manterá no poder, a menos que uma extraordinária e excessiva força venha a privá-lo dele. Uma vez destituído, por mais temível que seja o usurpador, pode reconquistá-lo.

Temos na Itália, por exemplo, o Duque de Ferrara que só resistiu aos assaltos dos venezianos em 1484 e aos do Papa Júlio em 1510 por ser antigo naquele domínio.

---

(1) Remete aos primeiros capítulos de sua obra Discorsi ou, quem sabe, a provável obra que não chegou até nós.

Na realidade, o príncipe natural tem menos razões e menos necessidade de ofender, por isso se conclui que deva ser mais amado. E, se não se faz odiar por vícios demasiado grandes, é razoável que seja naturalmente benquisto de todos os seus.

E na antiguidade e continuidade do poder, apagam-se as lembranças e as causas das inovações, porque uma mudança sempre deixa a saliência para a edificação de outra.

CAPÍTULO III

DOS PRINCIPADOS MISTOS
(DE PRINCIPATIBUS MIXTIS)

Mas nos principados novos é que residem as dificuldades. Em primeiro lugar – se também não é totalmente novo, mas como membro anexado que, em seu conjunto, pode chamar-se quase misto –, suas variações decorrem principalmente de uma natural dificuldade que se encontra em todos os principados novos. Essas consistem em que os homens mudam de senhor com satisfação, pensando melhorar, e esta crença os leva a lançar mão de armas contra o senhor atual. Na verdade, se enganam porque percebem depois, por experiência própria, ter piorado.

Isso depende de outra necessidade natural e ordinária, a qual faz com que o novo príncipe sempre precise ofender os novos súditos com suas forças militares e com infinitos outros danos que são lançados contra a recente conquista.

Desse modo, tens como inimigos todos aqueles que ofendeste com a ocupação daquele principado e não podes conservar como amigos aqueles que te puseram nesse posto, por não poderes satisfazê-los da maneira que haviam imaginado, nem poderes usar contra eles remédios enérgicos, uma vez que deves obrigação a eles, porque sempre, mesmo que alguém seja fortíssimo em exércitos, tem este a necessidade do apoio dos habitantes de uma província para nela entrar.

Foi por essas razões que Luís XII, rei de França, ocupou o Ducado Milão rapidamente e logo depois o perdeu[1]. Para tirá-lo dele, bastaram da primeira vez as próprias forças de Ludovico, porque aquelas populações que lhe haviam aberto as portas, reconhecendo o erro de sua opinião e daquele bem-estar futuro que haviam imaginado, não podiam suportar os dissabores trazidos pelo novo príncipe.

É bem verdade que, conquistando depois uma segunda vez as regiões rebeladas, com mais dificuldade se as perdem, porque o senhor, em razão da rebelião, é menos cauteloso em assegurar a punição dos culpados, em descobrir os suspeitos e em reforçar os pontos mais fracos.

Assim sendo, se para levar a França a perder Milão pela primeira vez foi suficiente um duque qualquer como Ludovico que provocasse motins dentro de seus limites, já para levá-la a perdê-lo pela segunda vez foi preciso que a França tivesse contra si todo o mundo[2] e que seus exércitos fossem desbaratados ou expulsos da Itália, o que resultou das razões apontadas acima.

Não obstante, Milão lhe foi tomado na primeira como na segunda vez. As razões naturais da primeira foram expostas. Resta agora falar sobre aquelas da segunda vez e ver de que remédios dispunha o rei da França e de que meios poderia valer-se quem viesse a encontrar-se em similares circunstâncias, para poder manter-se na posse da conquista melhor do que o fez a França.

Afirmo, portanto, que estes Estados que, conquistados, são anexados a um Estado antigo que conquista, são da mesma região e da mesma língua ou não o são.

Quando o são, é extremamente fácil mantê-los, sobretudo quando não estão habituados a viver livres e, para dominá-los seguramente, basta que se tenha extinto a linhagem do príncipe que os governava, porque, nas outras coisas conservando-se suas velhas condições e não subsistindo alteração de costumes, os homens passam a viver tranquilamente, como se

---

(1) Achando que tinha direitos sobre o Ducado de Milão por ser descendente de Valentina Visconti, filha de Gian Galeazzo Visconti, Duque de Milão, Luís XII mandou invadir Milão que foi conquistado em setembro de 1499, mas o povo se insurgiu e o Ducado foi reconquistado por Ludovico em fevereiro de 1500.
(2) A Liga Santa, formada pelos exércitos do Papa, da Espanha e da República de Veneza. A sorte dos franceses foi decidida no dia 11 de abril de 1512, na batalha de Ravenna.

viu ter ocorrido com a Borgonha, a Bretanha, a Gasconha e a Normandia que por tanto tempo estiveram com a França. Apesar de subsistir uma relativa diversidade de línguas, os costumes são, no entanto, semelhantes e podem suportar-se facilmente entre eles.

E quem os conquista, querendo conservá-los, deve ter presente duas coisas. A primeira, que a linhagem do antigo príncipe seja extinta. A outra, aquela de não alterar nem suas leis nem seus impostos. Desse modo, em brevíssimo tempo, o território conquistado passa a constituir um só corpo todo com o principado antigo.

Mas, quando se conquistam estados numa região de língua, costumes e leis diferentes, aqui surgem as dificuldades e é necessário ter muita sorte e grande habilidade para mantê-los.

E um dos maiores e mais eficazes remédios seria aquele de o conquistador ir habitar neles. Isto tornaria mais segura e mais duradoura a posse, como ocorreu com o turco em relação à Grécia[3]. Apesar de ter observado todas as leis locais para manter aquele Estado, se não tivesse ido habitar nele não teria conseguido mantê-lo.

Isso porque, estando no local, pode-se ver como surgem as desordens e podem ser rapidamente reprimidas. Não estando no local, delas somente se toma conhecimento quando já alastradas e sem solução. Além disso, a província conquistada não é saqueada por teus funcionários. Os súditos ficam satisfeitos porque o recurso ao príncipe se torna mais fácil e, por isso, têm mais razões para amá-lo, querendo ser bons, e para temê-lo, caso queiram agir de outra forma. Quem do exterior pretendesse atacar aquele Estado, teria por ele mais respeito. Por isso é que, habitando nele, o príncipe pode vir a perdê-lo somente com muita dificuldade.

Outro remédio melhor é estabelecer colônias num ou dois lugares que sejam como grilhões para aquele Estado, porque é necessário fazer isso ou nele manter bons contingentes de cavalaria e de infantaria.

Com as colônias não se gasta muito e, sem essa despesa ou com uma despesa muito pequena, podem ser instaladas e mantidas, sendo que seu assentamento prejudica somente àqueles de quem se tomam os campos e as casas para cedê-los aos novos habitantes, àqueles que constituem uma parcela mínima daquele Estado.

---

(3) Os turcos atravessaram o Helesponto em 1354. Depois de quase um século de guerras, em 1453 conseguiram conquistar Constantinopla, capital do Império do Oriente ou Bizantino, decretando o fim desse império que nascera no século IV, com a divisão do Império Romano em Império do Oriente e Império do Ocidente [este ruiu no ano 476]. O imperador dos turcos, Maomé II, fixou residência em Constantinopla.

E esses, que são prejudicados, ficando dispersos e pobres, não lhe podem causar dano algum. E todos os demais ficam em seu canto, sem prejuízo algum – e por isso deveriam aquietar- se –, mas por outro lado receosos em incidir em erro, temendo que possa ocorrer com eles o mesmo que aconteceu àqueles que foram espoliados.

Concluo dizendo que essas colônias não são onerosas, são mais fiéis, ofendem menos e os lesados não podem causar prejuízos, tornados pobres e dispersos, como foi dito.

Porque é preciso observar que os homens devem ser tratados com ternura ou eliminados, porquanto se se vingam das pequenas ofensas, das graves não podem fazê-lo. Disso se depreende que a ofensa que se faz ao homem deve ser feita de tal modo que não se venha a temer a vingança.

Mantendo, porém, tropas em lugar de colônias, gasta-se muito mais, porquanto se haverá de consumir na guarda militar toda a arrecadação daquele Estado, de tal modo que a conquista se transforma em perda e prejudica muito mais porque causa danos a todo aquele Estado com os deslocamentos dos alojamentos de seu exército, incômodo esse que todos sentem e que transforma cada habitante em inimigo. E são inimigos que podem causar dano ao conquistador, porquanto, embora vencidos, permanecem em sua própria casa.

Sob qualquer ponto de vista essa guarda armada é inútil, na mesma proporção que a instalação de colônias é útil.

Quem está à frente de uma região de características diversificadas deve ainda, como foi dito, tornar-se chefe e defensor dos vizinhos menos fortes, tratando de enfraquecer os poderosos que nela se encontrem e cuidando que em hipótese alguma nela penetre um forasteiro tão forte quanto ele. E sempre haverá quem é chamado por aqueles que estão descontentes na região, seja por excessiva ambição, seja por medo, como já ocorreu com os etólios que introduziram os romanos na Grécia; aliás, em todas as outras províncias que conquistaram, nelas foram introduzidos por intermédio dos respectivos habitantes.

E a ordem das coisas é que, tão logo um estrangeiro poderoso penetre numa província, todos aqueles que nela são menos poderosos se aliem a ele, movidos por uma inveja que nutrem contra quem já foi poderoso sobre eles, tanto assim que, em relação a estes menos poderosos não haverá de encontrar dificuldade em obter apoio deles, porquanto logo que todos eles, de bom grado, formem bloco com seu Estado, conquistado nessa província.

Deve apenas prestar atenção para que não adquiram muito poder e muita autoridade, podendo facilmente o conquistador, com suas forças e com o apoio dos mesmos, enfraquecer aqueles que ainda são fortes, a fim de tornar-se senhor absoluto daquela província. E quem não administrar bem esta parte, cedo perderá o que tiver conquistado e, enquanto puder mantê-la, terá infinitas dificuldades e aborrecimentos.

Os romanos, nas províncias de que se apoderaram, observaram bem esses pontos: assentaram colônias, conquistaram a adesão dos mais fracos sem lhes aumentar o poder, enfraqueceram os mais fortes e não deixaram os estrangeiros poderosos conquistar prestígio.

Quero tomar como exemplo somente a província da Grécia. Os aqueus e os etólios foram tratados como aliados pelos romanos que destruíram o reino dos macedônios e dele expulsaram Antíoco[4]. Nem mesmo os méritos dos aqueus e dos etólios fez os romanos lhes permitirem conquistar algum Estado, nem as tentativas de persuasão de Felipe logrou fazer estes se tornarem seus amigos e não o enfraquecessem, nem o poder de Antíoco conseguiu fazer estes autorizarem a manter qualquer Estado naquela província.

Isso ocorreu porque os romanos fizeram nesses casos aquilo que todos os príncipes prudentes devem fazer: não devem ter cuidado somente com as desordens presentes, mas também com as futuras, e enfrentar aquelas com toda a habilidade, porque, previstas a tempo, podem ser facilmente remediadas, mas esperando que se aproximem, o remédio não chega a tempo, porquanto a doença já se tornou incurável.

Ocorre aqui como falam os médicos no caso do tuberculoso, quando a doença, em seu início, é de fácil cura e de difícil diagnóstico, mas com o decorrer do tempo, se, ela mesma não for conhecida nem tratada, torna-se de fácil diagnóstico, porém de difícil cura.

Assim também ocorre nos assuntos de Estado porque, conhecendo de antemão, o que não é dado senão a um homem prudente, os males que o atingem, a cura é rápida. Mas quando, por não tê-los conhecido, crescem de tal modo que se tornam conhecidos de todos e não há mais remédio.

---

(4) Em 217 a.C., os romanos celebraram uma aliança com os etólios e os espartanos contra Filipe da Macedônia (cerca de 237-179 a.C.); esta primeira guerra foi vencida por Filipe, mas na segunda (200-197), a vitória foi dos romanos. Antíoco, o Grande, rei da Síria de 223 a 187, no ano 192 tentou imiscuir-se no conflito surgido entre romanos e etólios, mas foi repetidamente derrotado, inclusive com a ajuda de Filipe da Macedônia que, nesse meio tempo, se havia tornado aliado dos romanos.

Os romanos, porém, prevendo as insubordinações, sempre as tolheram e jamais as deixaram seguir seu curso, para afastar uma eventual guerra, porque sabiam que uma guerra não se evita mas se adia, em benefício de outros. Decidiram, porém, mover uma guerra contra Felipe e Antíoco na Grécia, para não ter de fazê-la contra eles na Itália. Podiam, contudo, evitar uma e outra naquele momento, mas não o quiseram.

Nunca gostaram tão pouco daquilo que todos os dias está na boca dos sábios de nossos tempos, de se aproveitar do benefício da contemporização, mas sim apenas daquele resultante de sua própria virtude e prudência, porquanto o tempo empurra para frente todas as coisas e pode carregar consigo o bem como o mal e o mal como o bem.

Mas voltemos à França e examinemos se fez alguma das coisas apontadas acima. Vou falar de Luís, e não de Carlos, porque foi do primeiro que, por ter mantido mais prolongado domínio na Itália, melhor foram vistos seus progressos. E havereis de ver como ele fez o contrário daquilo que se deve fazer para conservar um Estado numa província de características diversificadas.

O rei Luís foi conduzido à Itália pela ambição dos venezianos que, por esse meio, quiseram ganhar a metade do Estado da Lombardia[5].

Não desejo censurar esta decisão, tomada pelo rei, porque, querendo começar a pôr um pé na Itália e não tendo amigos nessa região, sendo-lhe, pelo contrário, fechadas todas as portas por causa do comportamento do rei Carlos, foi obrigado a servir-se daquelas amizades com que podia contar. Sua decisão teria tido bom êxito, desde que nas outras manobras não tivesse cometido erro algum.

Conquistada, pois, a Lombardia, o rei logo readquiriu aquela reputação que Carlos havia perdido: Gênova cedeu, os florentinos se tornaram seus amigos, o marquês de Mântua, o duque de Ferrara, Bentivogli, a senhora de Forlì, o senhor de Faenza, de Rimini, de Pesaro, de Camerino, de Piombino, os luqueses, os pisanos e os sienenses, todos foram a seu encontro para se tornarem seus amigos[6].

Os venezianos puderam considerar então a temeridade da decisão que haviam tomado, pois que, para conquistar dois pequenos territórios na Lombardia, fizeram o rei tornar-se senhor de dois terços da Itália.

---

(5) Luís da França buscou o apoio dos venezianos para suas pretensões sobre Milão. O acordo foi selado em 1499 e previa a concessão à República de Veneza de grande parte do território do Ducado de Milão que corresponde à atual Região setentrional da Lombardia.

Considere-se agora com quão pouca dificuldade podia o rei manter sua reputação na Itália, se tivesse observado as normas acima referidas e tivesse conservado seguros e protegidos todos aqueles seus amigos que, por serem em grande número e fracos e medrosos, uns em relação à Igreja e outros diante dos venezianos, precisavam sempre estar com ele. E por meio deles poderia facilmente ter-se assegurado contra aqueles que ainda se conservavam fortes.

Mas ele, apenas chegado a Milão, fez o contrário, prestando auxílio ao papa Alexandre[7] para que ocupasse a Romanha. Nem percebeu que, com essa deliberação, enfraquecia a si próprio, afastando os amigos e aqueles que se haviam lançado em seus braços, enquanto engrandecia a Igreja, agregando ao poder espiritual, que lhe confere tanta autoridade, tanto poder temporal.

Cometido um primeiro erro, foi compelido a seguir cometendo outros até ao ponto que, para pôr fim à ambição de Alexandre e evitar que este se tornasse senhor da Toscana, teve de vir pessoalmente à Itália.

Não lhe bastou ter tornado grande a Igreja e perder os amigos. Por querer o reino de Nápoles, dividiu-o com o rei da Espanha. Enquanto antes era árbitro da Itália, agora colocou nela um companheiro para que os ambiciosos daquela província e os descontentes com ele tivessem onde recorrer e, em vez de deixar naquele reino um soberano a ele submisso, tirou-o para colocar, em seu lugar, um outro que pudesse expulsá-lo dali.

É coisa realmente muito natural e comum o desejo de conquistar. E sempre, quando os homens o fazem, serão louvados ou não serão censurados. Mas quando não o podem, é que o podem fazer mas querem fazê-lo a qualquer custo, aqui está o erro e, em decorrência, a censura.

---

(6) A Itália dessa época estava dividida em dezenas de pequenos Estados e feudos. Os principais eram o Reino de Nápoles e das duas Sicílias, a República de Veneza, a República de Gênova, o Grão-Ducado da Toscana, o Reino do Piemonte, o Ducado de Milão, o Ducado de Ferrara, além dos Estados Pontifícios que se estendiam por grande parte do território italiano. Dentre os muitos feudos, alguns são mencionados neste parágrafo.

(7) Trata-se de Rodrigo Borgia ou de Borja, eleito Papa em 11.08.1492, tendo adotado o nome de Alexandre VI (faleceu aos 18.08.1503). Foi um Papa mundano, ambicioso, ávido de poder e riqueza, tendo procurado de todas as formas aumentar o território dos Estados Pontifícios, sendo superado nesse afã talvez somente por seu quase imediato sucessor, Júlio II. O Papa Alexandre VI tem importância para o Brasil e para as Américas porque foi ele quem assinou o Tratado de Tordesilhas, dividindo as novas terras descobertas ou o Novo Mundo entre Portugal e Espanha. Numa de suas obras, Maquiavel dedica esses versos a Alexandre VI, já falecido: "Portato fu tra l'anime beate / lo spirito di Alessandro glorioso; / del qual seguirno le sante pedate / tre sue familiari e care ancelle / Lussuria Simonia Crudeltate" [Foi conduzido entre as almas beatas o espírito de Alexandre glorioso; do qual seguiram as santas pegadas, três suas familiares e queridas servas: luxúria, simonia e crueldade].

Se a França, portanto, podia com suas forças tomar de assalto Nápoles, devia fazê-lo. Se não podia, não devia dividi-lo. E se a divisão que fez da Lombardia com os venezianos mereceu desculpa por ter com ela firmado pé na Itália, essa de Nápoles merece censura por não ser justificada por essa necessidade.

Luís tinha cometido, portanto, estes cinco erros: eliminou os menos poderosos, aumentou na Itália o poder de um poderoso, colocou nela um estrangeiro poderosíssimo, não veio habitar no país e não estabeleceu colônias.

Esses cinco erros, contudo, poderiam não lhe ter causado danos, enquanto ainda vivo, se não tivesse cometido o sexto, o de tomar o Estado dos venezianos[8].

Se não tivesse tornado grande a Igreja nem introduzido a Espanha na Itália, seria bem razoável e necessário enfraquecer os venezianos. Mas, ao ter tomado aquelas primeiras decisões, nunca deveria consentir na ruína desses últimos, pois, sendo poderosos, teriam sempre mantido os outros distantes da intenção de tomar a Lombardia, e isso porque os venezianos não iriam consentir em manobras contra ela, a menos que eles se tornassem senhores, até porque os outros não iriam querer tomá-la da França para dá-la a eles, além do que não teriam tido coragem de entrar em choque com os dois.

E se alguém dissesse: o rei Luís cedeu a Romanha a Alexandre e o Reino de Nápoles à Espanha para evitar uma guerra, respondo, com as razões acima expostas, que nunca se deve deixar prosseguir uma desordem para fugir de uma guerra, mesmo porque dela não se foge, apenas se adia para desvantagem própria.

Se alguns outros alegassem a palavra empenhada pelo rei ao Papa, isto é, de realizar para ele aquela conquista em troca da dissolução de seu casamento e do chapéu cardinalício de Rouen[9], respondo com o que mais adiante se dirá acerca da palavra dos príncipes e de como se deve respeitá-la.

---

(8) Na realidade, foi a Liga de Cambrai que tomou Veneza. Promovida pelo Papa Júlio II, reunia os Estados Pontifícios, o Império Germânico, a França e a Espanha. A aliança foi celebrada em 1508 e aparentemente era dirigida contra os turcos, mas secretamente contra a quase milenar e poderosa República de Veneza. Em 1509, o Papa excomungou Veneza e os exércitos da Liga de Cambrai marcharam contra a República que foi derrotada em 1510, mas em 1513 sacudiu o jugo da Liga, reconquistando sua independência e seu poderio.

O rei Luís perdeu, portanto, a Lombardia, por não ter respeitado nenhuma das normas observadas por outros que conquistaram províncias e quiseram conservá-las. Não há aqui milagre algum, mas é algo muito comum e previsível.

E sobre este assunto falei em Nantes com o arcebispo de Rouen, quando Valentino, assim era chamado popularmente Cesare Borgia, filho do Papa Alexandre, que ocupava a Romanha. Dizendo-me o cardeal de Rouen que os italianos não entendiam de guerra, retruquei-lhe que os franceses não entendiam do Estado, porque, se dele entendessem, não teriam deixado que a Igreja alcançasse tanta grandeza.

E por experiência viu-se que a grandeza daquela e da Espanha na Itália foi causada pela França, e a ruína desta foi causada por aquelas.

Disso se extrai uma regra geral que nunca ou raramente falha: quem é causa do poderio de alguém arruina-se, porque esse poder é resultante da astúcia ou da força e ambas são suspeitas para aquele que se tornou poderoso.

---

(9) O rei Luís queria divorciar-se da primeira mulher, Jeanne, irmã de Calos VIII, para casar com a viúva deste, Ana da Bretanha. Alexandre VI concedeu o divórcio. O chapéu cardinalício era solicitado para o arcebispo de Rouen, Georges d'Amboise, conselheiro de Luís XII na área política. Alexandre VI nomeou-o Cardeal aos 17.09.1498.

Capítulo IV

POR QUE O REINO DE DARIO, OCUPADO POR ALEXANDRE, NÃO SE REBELOU CONTRA SEUS SUCESSORES APÓS A MORTE DESTE
(CUR DARII REGNUM QUOD ALEXANDER OCCUPAVERAT A SUCCESSORIBUS SUIS POST ALEXANDRI MORTEM NON DEFECIT)

Consideradas as dificuldades que devem ser enfrentadas para a conservação de um Estado recém- ocupado, alguém poderia ficar estupefato pelo fato de Alexandre Magno ter-se apoderado da Ásia em poucos anos e, apenas finda sua ocupação, veio a morrer e, por isso, parecia razoável que todo aquele Estado se rebelasse. Os sucessores de Alexandre, no entanto, o conservaram e para tanto não encontraram outra dificuldade senão aquela que, por ambição pessoal, surgiu entre eles mesmos.

Explico como os principados, de que se conserva memória, têm sido governados de duas formas diversas. Por um príncipe, sendo, todos os demais, servos que, como encarregados por graça e concessão sua, ajudam a governar aquele Estado, ou por um príncipe e por barões, os quais, não por graça do senhor mas por antiguidade de linhagem, têm esse título.

Esses barões têm Estados e súditos próprios, os quais os reconhecem por senhores e a eles dedicam natural afeição.

Aqueles Estados, que são governados por um príncipe e servos, têm seu príncipe com maior autoridade, porque em toda a sua província ninguém reconhece quem quer que seja superior a ele e, se os súditos obedecem a algum outro, fazem-no em razão de seu encargo de ministro e oficial, mas só ao príncipe dedicam particular amor.

Os exemplos dessas duas espécies de governo são, em nossos tempos, o Turco e o rei da França.

Toda a monarquia do Turco é governada por um senhor. Os outros são seus servos. Dividindo seu reino em sanjaquias[1], para essas envia diversos administradores que os substitui e transfere de acordo com sua própria vontade.

Mas o rei da França está cercado por uma multidão antiquada de senhores que, nessa qualidade, são reconhecidos por seus súditos e por eles amados. Têm seus privilégios hereditários, dos quais o rei não pode privá-los, sem perigo para si próprio.

Quem considerar, portanto, um e outro desses Estados, haverá de encontrar dificuldades para conquistar o Estado Turco, mas, uma vez vencido, terá grande facilidade em conservá-lo.

Pelo contrário, haverá de encontrar, em todos os sentidos, maior facilidade para ocupar o reino da França, mas terá grande dificuldade para mantê-lo.

As razões da dificuldade em ocupar o reino Turco consistem em não poder ser chamado por príncipes daquele reino aqueles que quiserem atacá-lo, sem esperar pela rebelião dos que cercam o soberano, para ter facilitada sua empresa, o que decorre das razões acima referidas. Porque, sendo todos eles escravos e obrigados, com maior dificuldade podem ser corrompidos e, mesmo que fosse possível suborná-los, seriam de pouca utilidade, visto que não seriam capazes de arrastar o povo atrás de si, pelos motivos já mencionados.

Logo, se alguém atacar o Estado Turco, deve pensar que irá encontrá-lo todo unido e lhe convém contar mais com suas próprias forças que com as desordens dos outros.

---

(1) Sanjaquia ou sanjacado: divisão administrativa turca, termo derivado do turco sangiak, bandeira.

Mas se fosse vencido e derrotado em batalha campal, de modo que não pudesse reorganizar os exércitos, não se deve temer outra coisa senão a dinastia do príncipe. Uma vez extinta esta, não resta mais ninguém a temer, já que os demais não gozam de prestígio com o povo. E como o vencedor nada podia esperar deles antes da vitória, depois dela não deve receá-los.

O contrário ocorre nos reinos governados como o da França, porque com facilidade pode ser invadido, obtendo o apoio de algum barão do reino, porquanto sempre se encontram descontentes e aqueles que desejam fazer inovações.

Estes, pelas razões referidas, podem abrir o caminho para aquele Estado e facilitar a vitória. Esta, para ser mantida depois, acarreta infinitas dificuldades, seja com aqueles que te ajudaram, seja com aqueles que oprimiste.

Não basta extinguir a linhagem do príncipe, pois permanecem aqueles senhores que se tornam chefes de novas revoluções e, não podendo contentá-los nem exterminá-los, perde-se aquele Estado tão logo surja a oportunidade.

Ora, se for considerado de que natureza era o governo de Dario, poder-se-á ver que era semelhante ao reino do Turco. Para Alexandre, no entanto, foi necessário primeiro enfrentar todos os seus exércitos e tirar-lhe a possibilidade de manter-se em campo de batalha[2].

Depois da vitória, estando Dario morto, aquele Estado tornou-se seguro para Alexandre pelas razões acima expostas. Seus sucessores, se tivessem ficado unidos, poderiam ter usufruído dele pacificamente, pois naquele reino não surgiram outros tumultos senão os que eles próprios provocaram.

Mas os Estados organizados como aquele da França, é impossível possuí-los com tanta tranquilidade.

De circunstâncias desse tipo é que surgiram as frequentes rebeliões da Espanha, da França e da Grécia contra os romanos, em decorrência do grande número de principados que havia naqueles Estados, de maneira que, por todo o tempo em que perdurou sua memória, Roma sempre esteve insegura em relação à posse dessas regiões.

---

(2) Dario III reinou na Pérsia de 335 a 330 a.C. Derrotado por Alexandre nas batalhas de Isso (333) e de Arbela (331), retirou-se para a Média, com a intenção de montar um novo exército, mas foi assassinado por um cortesão.

Mas extinta a lembrança desses principados, com o poder e a longa duração de sua autoridade, os romanos tornaram-se dominadores seguros. Puderam também mais tarde, enfrentando-se em lutas internas, arrastar para seu lado parte daquelas províncias, segundo a autoridade de que gozava com elas. E essas províncias, por ter sido extinta a linhagem de seus antigos senhores, não reconheciam senão a soberania dos romanos.

Considerando, pois, todas estas coisas, ninguém poderá maravilhar-se da facilidade que Alexandre encontrou para conservar o Estado da Ásia e das dificuldades que tiveram os outros para manter aquilo que haviam conquistado, como Pirro e muitos outros. Isso não decorreu da muita ou da pouca virtude do vencedor, mas da diferença de situação.

Capítulo V — Como devem ser governados os principados ou as cidades que, antes de serem ocupados, viviam com suas próprias leis
(Quomodo administrand ae sunt civitates vel principatus qui antequam occuparentur suis legibus vivebant)

Quando aqueles estados que são conquistados, como foi dito, estão habituados a viver com suas próprias leis e em liberdade, existem três modos de conservá-los.

O primeiro, destruí-los; o segundo, ir habitar neles pessoalmente; o terceiro, deixá-los viver com suas leis, arrecadando um tributo e criando em seu interior um governo de poucos que o mantenham como Estado amigo.

Porque, sendo esse Estado criado por aquele príncipe, sabe-se que não pode permanecer sem sua amizade e seu poder e deverá fazer de tudo para defender aquele príncipe. Mais facilmente se mantém sob domínio uma cidade habituada a viver livre por intermédio de seus cidadãos do que tentando conservá-la por qualquer outro meio.

Como exemplos, há os espartanos e os romanos. Os espartanos conservaram Atenas e Tebas, criando nelas um governo de poucos. Logo, porém, as perderam.

Os romanos, para manter Cápua, Cartago e Numância, destruíram-nas e não as perderam.

Quiseram conservar a Grécia quase como o fizeram os espartanos, tornando-a livre e deixando-lhe suas próprias leis, mas não tiveram êxito. Em decorrência disso, foram obrigados a destruir muitas cidades daquela província para conservá-la[1].

É que, em verdade, não existe modo seguro para conservá-las, a não ser por meio de sua destruição. Quem se tornar senhor de uma cidade habituada a viver livre e não a destruir, pode esperar ser destruído por ela, porque essa sempre encontra por apoio em sua rebelião o nome da liberdade e suas antigas instituições que jamais são esquecidas, seja pelo decurso do tempo, seja por benefícios recebidos.

Por mais que se faça e se providencie, se os habitantes não se desunirem ou dispersarem, não esquecem aquele nome nem aquelas instituições e logo, a cada incidente, a eles recorrem como fez Pisa cem anos após ter sido submetida aos florentinos[2].

Mas quando as cidades ou as províncias estão acostumadas a viver sob um príncipe, uma vez extinta a dinastia, sendo de um lado seus habitantes acostumados a obedecer e, de outro, não tendo o príncipe antigo, dificilmente chegam a acordo para a escolha de outro príncipe, pois não sabem viver em liberdade.

Desse modo, são mais lentos em tomar em armas e, com maior facilidade, pode um príncipe cativá-los e depois sujeitá-los.

Contudo, nas repúblicas há mais vitalidade, mais ódio, mais desejo de vingança.

Não deixam nem podem deixar desvanecer-se a lembrança da antiga liberdade. Assim, o caminho mais seguro é destruí-las ou ir habitar nelas.

---

(1) Após a vitória sobre Filipe da Macedônia, em 197 a.C., os romanos proclamaram solenemente a liberdade da Grécia. Diante do insucesso, no ano 146 a.C., destruíram Corinto e privaram Tebas e Cálcida de suas muralhas, reduzindo a Grécia, nesse mesmo ano, a Província do Império Romano.
(2) A República de Pisa caiu sob o domínio de Florença ou Grão-Ducado da Toscana em 1406. Rebelou-se em 1494 e, depois de longa e dispendiosa guerra, foi retomada em 1509. Toda a campanha da reconquista de Pisa foi acompanhada de perto pelo próprio Maquiavel, porquanto ele era secretário de Estado do Grão-Ducado da Toscana.

Capítulo VI

Dos principados novos que são conquistados com armas próprias e virtuosamente
(De principatibus novis qui armis propriis et virtute acquiruntur)

Ninguém se admire se, na exposição que vou fazer a respeito dos principados totalmente novos, do príncipe e do Estado, apresentar exemplos de grande notoriedade.

Porque, trilhando os homens sempre as estradas batidas pelos outros e procedendo em suas ações por imitações, não sendo possível seguir fielmente as sendas alheias nem alcançar a virtude do que se procura imitar, um homem prudente deve seguir sempre pelos caminhos percorridos por grandes homens e imitar aqueles que foram excelentes, de modo que, não sendo possível chegar à virtude destes, pelo menos que consiga dela sentir algum odor.

Deve fazer como os arqueiros prudentes que, considerando muito distante o ponto que desejam atingir e sabendo até onde chega a força de seu arco, miram bem mais alto que o local visado, não para alcançar com sua flecha tanta altura, mas para poder com o auxílio de tão elevada mira atingir seu alvo.

Afirmo, portanto, que nos principados totalmente novos, onde existe um novo príncipe, encontra-se maior ou menor dificuldade para mantê-los, segundo seja mais ou menos virtuoso aquele que os conquista.

E porque este resultado, de tornar-se, de cidadão privado, príncipe, pressupõe virtude ou sorte, parece que tanto uma quanto outra dessas duas razões mitigue em parte muitas dificuldades. Não obstante, tem-se observado que aquele que, menos se apoiou na sorte, reteve o poder mais seguramente.

Gera ainda facilidade o fato de, por não possuir outros Estados, ser o príncipe obrigado a vir habitar nele pessoalmente.

Para relembrar aqueles que, por sua própria virtude e não pela sorte, tornam-se príncipes, digo que os maiores foram Moisés, Ciro, Rômulo, Teseu e outros semelhantes.

Embora a respeito de Moisés não se deva excogitar qualquer coisa, tendo sido um mero executor das coisas que lhe eram ordenadas por Deus, contudo deve ser admirado somente por aquela graça que o tornava digno de conversar com Deus.

Mas considerando Ciro e os outros que conquistaram ou fundaram reinos, achareis todos eles admiráveis. E se forem consideradas suas ações e ordens particulares, estas não haverão de parecer discrepantes daquelas de Moisés que teve tão grande preceptor.

E, examinando as ações e a vida deles, não se vê que tivessem outra coisa da sorte senão a oportunidade que lhes forneceu meios para poder adaptar as coisas da forma que melhor lhes aprouvesse. Sem essa oportunidade, a força de seu ânimo ter-se-ia apagado e, sem essa virtude, a oportunidade teria surgido em vão.

Era necessário, pois, a Moisés, encontrar o povo de Israel no Egito, escravo e oprimido pelos egípcios, a fim de que aquele, para libertar-se da escravidão, se dispusesse a segui-lo.

Convinha que Rômulo não encontrasse guarida em Alba, fosse exposto ao nascer, para que se tornasse rei de Roma e fundador daquela pátria.

Era preciso que Ciro encontrasse os persas descontentes com o império dos medas, e os medas estivessem amolecidos e efeminados pela prolongada paz.

Teseu não poderia demonstrar sua virtude, se não encontrasse os atenienses dispersos.

Essas oportunidades, portanto, tornaram esses homens afortunados, e sua excelente habilidade fez com que aquela ocasião se tornasse conhecida de cada um deles. Em decorrência, sua pátria foi nobilitada e se tornou felicíssima.

Aqueles que, como esses, por vias virtuosas se tornam príncipes, conquistam o principado com dificuldade, mas com facilidade o conservam.

E as dificuldades que se apresentam a eles, ao conquistar o principado, em parte surgem das novas instituições e sistemas de governo que são forçados a introduzir para fundar seu Estado e instaurar sua segurança.

Deve-se considerar que não há coisa mais difícil a fazer, nem mais duvidosa a conseguir, nem mais perigosa de conduzir do que se dispor a introduzir novas instituições.

Isso porque o introdutor tem por inimigos todos aqueles que obtinham vantagens com as velhas instituições e encontra fracos defensores naqueles que haveriam de se beneficiar com as novas instituições.

Esta fraqueza surge, em parte por medo dos adversários que têm as leis conformes a seus interesses, em parte pela incredulidade dos homens que, na verdade, não acreditam nas inovações, se não as perceberem como resultantes de uma experiência segura.

Disso decorre que, toda vez que aqueles que são inimigos têm oportunidade de atacar, fazem-no com furor de sectários, enquanto os outros defendem fracamente, de modo que junto destes últimos se corre extremo perigo.

É necessário, portanto, querendo expor adequadamente esta parte, examinar se esses inovadores se sustentam com forças próprias ou se dependem de outros, isto é, se para levar adiante sua obra é preciso que supliquem ou, na realidade, podem usar a força.

No primeiro caso, sempre acabam mal e não realizam coisa alguma. Mas, quando dependem de si próprios e podem usar a força, então acontece que raras vezes se corre perigo. Disso decorre que todos os profetas armados venceram e os desarmados fracassaram.

Porque, além dos fatos assinalados, a natureza dos povos é instável e é fácil persuadi-los de uma coisa, mas difícil é firmá-los nessa persuasão.

Convém, portanto, estar preparado para que, quando não acreditarem mais, se possa fazê-los crer pela força.

Moisés, Ciro, Teseu e Rômulo não teriam conseguido fazer observar por longo tempo suas leis fundamentais, se tivessem estado desarmados, como em nossos dias ocorreu com Frei Girolamo Savonarola que pereceu logo após haver introduzido novas instituições, quando a multidão começou a não acreditar mais nele e ele não dispunha de meios para manter firmes aqueles que haviam acreditado, nem para fazer com que os descrentes passassem a crer[1].

Por isso, há grandes dificuldades para se levar adiante seus projetos e todos os perigos se apresentam na fase da conquista do poder, sendo conveniente que os superem com a virtude.

Mas superados esses, quando começam a ser venerados, após terem eliminado aqueles que tinham inveja de sua posição superior, tornam-se poderosos, seguros, honrados e felizes.

A tão elevados exemplos quero acrescentar um menor, mas que poderá muito bem ter alguma afinidade com aqueles e que julgo suficiente para todos os outros exemplos semelhantes. Trata-se de Hierão de Siracusa[2].

Este, de cidadão privado tornou-se príncipe de Siracusa. Também ele não conheceu outra coisa da sorte senão a oportunidade, porque os siracusanos oprimidos o elegeram para seu capitão e, por isso, mereceu ser feito príncipe.

E foi de tanta virtude, *etiam in privata fortuna*[3], que quem escreveu a seu respeito, disse *quod nihil illi deerat ad regnandum praeter regnum*[4].

Extinguiu a velha milícia, organizou a nova, abandonou as antigas amizades, conquistou novas e, como teve amizades e soldados seus, pôde, sobre tais fundamentos, erigir um edifício, de tal modo que lhe custou muita fadiga para conquistar e pouca para manter.

---

(1) Girolamo Savonarola (1452-1498), frei dominicano, teve enorme influência com suas pregações na cidade de Florença, sobretudo depois da expulsão dos Medici do governo da Toscana, em 1494. Suas ideias políticas o transformaram em líder reformador e fundador da República de Florença, que previa a participação ampla do povo e instalada sob sua orientação, em 1495. Ardoroso defensor da renovação da Igreja, enfrentou o Papa Alexandre VI, mas este conseguiu convencer os governantes de Florença a prendê-lo e condená-lo à fogueira. Foi queimado vivo na praça central de Florença no dia 23 de maio de 1498.
(2) Hierão II, governante e tirano de Siracusa, de 275 a 215 a.C. Aliado dos cartagineses, no ano 263 firmou aliança com os romanos.
(3) Também quando era um cidadão privado.
(4) Que nada lhe faltava para reinar que um reino.

Capítulo VII

Dos principados novos que são conquistados com as armas e a sorte dos outros
(De principatibus novis qui alienis armis et fortuna acquiruntur)

Aqueles que somente por sorte de privados cidadãos se tornam príncipes, com pouca fadiga chegam a isso, mas só com muita se mantêm. Não encontram nenhuma dificuldade pelo caminho porque voam para o principado, mas todas as dificuldades surgem depois que estão no poder.

São aqueles aos quais é concedido um Estado, seja por dinheiro, seja por graça de quem o concede, como ocorreu a muitos na Grécia, nas cidades da Jônia e do Helesponto, onde foram feitos príncipes por Dario, para que as governassem, garantindo a segurança e glória dele e também como eram feitos aqueles imperadores que, por corrupção dos soldados, galgavam o governo do Império.

Estes se sustentam simplesmente graças à vontade e à sorte de quem lhes concedeu o Estado, que são duas coisas essencialmente volúveis e instáveis e não sabem e não podem manter sua posição. Não sabem, porque, se não são homens de grande engenho e virtude, não é razoável que, tendo vivido sempre na condição de cidadãos privados, saibam comandar. Não podem, porque não têm forças que possam ser realmente amigas e fiéis.

Mais, os Estados que surgem de improviso, como todas as demais coisas da natureza que nascem e crescem depressa, não podem ter raízes e estruturas correspondentes tão sólidas que a primeira adversidade não os possa extinguir, salvo se aqueles que, como foi dito, tornaram-se príncipes de improviso, tiverem tamanha virtude que saibam desde logo preparar-se para conservar aquilo que a sorte lhes pôs nos braços, formando depois as bases que os outros estabeleceram antes que eles se tornassem príncipes.

Quero, a propósito destes dois modos citados de se tornar príncipe, por virtude ou por sorte, apontar dois exemplos ocorridos nos dias de nossa memória. São estes, Francisco Sforza e Cesare Borgia.

Francisco, pelos meios devidos e por sua grande virtude, de cidadão privado se tornou duque de Milão. E aquilo que com mil esforços havia conquistado, com pouco trabalho manteve[1].

Por outro lado, Cesare Borgia, chamado pelo povo Duque Valentino, adquiriu o Estado por influência do pai e, vindo a faltar essa, o perdeu, não obstante fossem por ele utilizados todos os meios e tivesse feito tudo aquilo que devia ser realizado por um homem prudente e virtuoso, para lançar raízes naqueles Estados que as armas e a sorte de outrem lhe tinham concedido[2].

Porque, como se disse acima, quem não lança os alicerces primeiro, poderia com uma grande virtude estabelecê-los depois, ainda que fossem feitos com dificuldades para o arquiteto e perigo para o edifício.

Se forem, portanto, considerados todos os progressos do duque, poder-se-á ver que ele lançou grandes alicerces para o futuro poderio, os quais não julgo supérfluo descrever, pois não saberia que melhores preceitos do que o exemplo de suas ações poderia indicar a um príncipe novo. E se seus modos de proceder não lhe deram retorno, não foi por culpa sua, porquanto resultantes de uma extraordinária e extrema má sorte.

---

(1) Francesco Sforza (1401-1466), alcançando grande fama por sua habilidade militar, casou com Bianca Maria, filha de Filipe Maria Visconti, duque de Milão. Após a morte do duque, em 1447, a cidade preferiu erigir-se em república, chamada República Ambrosiana, e escolheu Francesco Sforza como capitão geral de seus exércitos para dirigir a guerra contra a República de Veneza. Francesco, porém, fez um acordo com esta em 1448, voltou suas armas contra os republicanos de Milão que foram obrigados a conferir-lhe o título de Duque de Milão e, em decorrência, a ceder-lhe o governo do Ducado.
(2) Cesare Borgia (1475-1507), filho do Papa Alexandre VI (1492-1503), foi nomeado arcebispo de Valência pelo pai, em 1492, e cardeal em 1493. No ano de 1498, Cesare abdicou de todas as suas funções eclesiásticas e recebeu, do rei da França, o Ducado de Valentinois.

Alexandre VI, ao querer tornar grande o duque, seu filho, tinha muitas dificuldades presentes e futuras.

Primeiro, não via meio de poder fazê-lo senhor de algum Estado que não fosse Estado da Igreja. Voltando-se para tomar um daqueles Estados da Igreja, sabia que o duque de Milão e os venezianos não o haveriam de permitir, porque Faenza e Rimini já estavam sob a proteção dos venezianos.

Via além disto as armas da Itália e, em especial, aquelas de que poderia servir-se, encontrarem-se nas mãos daqueles que deviam temer a grandeza do Papa, mas não podia fiar-se, uma vez que estavam todas elas nas mãos dos Orsini e dos Colonna e seus partidários.

Era, pois, necessário que se revolucionasse o equilíbrio político dos Estados italianos e fossem desarticulados os Estados da Itália, para poder apoderar-se seguramente destes.

Isso foi fácil para ela, porque encontrou os venezianos que, movidos por outras causas, se empenhavam para que os franceses retornassem à Itália, ao que não somente não se opôs, como também facilitou com a dissolução do primeiro matrimônio do rei Luís.

Passou, portanto, o rei à Itália com a ajuda dos venezianos e com consentimento de Alexandre. Mal chegando em Milão, o Papa já obteve dele tropas para a conquista da Romanha, a qual se tornou possível graças à reputação do rei.

Tendo o duque ocupado a Romanha e batido os partidários dos Colonna e querendo manter a conquista e avançar mais ainda, tinha duas coisas que o impediam de fazer isso. Primeiro, suas tropas que não lhe pareciam fiéis; segundo, a vontade da França, ou seja, o duque temia que as tropas dos Orsini, das quais se valera, viessem a falhar e não somente lhe impedissem de conquistar, como também lhe tomassem aquilo que havia conquistado. Temia ainda que o rei não deixasse de fazer-lhe o mesmo.

Dos Orsini teve prova de infidelidade quando, depois da tomada de Faenza, ao atacar Bolonha, viu que marchavam friamente para esse ataque. Acerca do rei, conheceu sua disposição quando, depois de tomar o ducado de Urbino, atacou a Toscana. O rei o fez desistir dessa campanha.

Foi por isso que o duque decidiu não mais depender das armas e da sorte dos outros. E a primeira coisa que fez foi enfraquecer as facções dos Orsini e dos Colonna em Roma. Para tanto, atraiu para junto de si todos os seguidores destes e, se fossem fidalgos, tornava-os fidalgos seus, dando-lhes grandes estipêndios e conferindo-lhes honras, segundo suas qualidades, com funções militares e cargos políticos, de modo que, em poucos meses, a afeição que mantinham pelas facções foi extinta e voltou-se toda ela para o duque.

Depois disso, esperou a oportunidade para eliminar os chefes dos Orsini, uma vez que já havia dispersado os da casa Colonna, e a oportunidade lhe surgiu muito bem, e ele a aproveitou melhor ainda.

Porque, quando os Orsini perceberam, já tarde demais, que a grandeza do duque e da Igreja era sua ruína, organizaram uma reunião em Magione, na região de Perugia. Dessa reunião nasceram a rebelião de Urbino, os tumultos da Romanha e infinitos perigos para o duque, o qual a todos superou com o auxílio dos franceses.

E readquirida a reputação, não confiando na França nem nas outras tropas estrangeiras, para não ter de experimentá-las, lançou mão da astúcia. E tão bem soube dissimular seus sentimentos, que os próprios Orsini, por intermédio do senhor Paulo, reconciliaram-se com ele. Para convencer melhor o intermediário de suas boas intenções, o duque não deixou de dispensar-lhe cortesias de toda espécie, dando-lhe dinheiro, roupas e cavalos, tanto assim que a estultícia dos Orsini levou-os a entregar a cidade de Senigallia nas mãos do duque[3].

Eliminados, pois, estes chefes, transformados os seguidores dos mesmos em amigos seus, o duque tinha lançado bases bastante boas para seu poderio, possuindo toda a Romanha com o ducado de Urbino, sobretudo porque lhe parecia ter tornado amiga a Romanha e cativado todas aquelas populações que começavam a experimentar seu bem-estar.

E porque esta parte é digna de ser conhecida e imitada pelos outros, não desejo deixá-la de lado.

Tendo o duque tomado a Romanha e encontrando-a dirigida por senhores impotentes, os quais mais que depressa haviam despojado seus súditos em vez de governá-los, dando-lhes motivo de desunião ao invés de união, tanto que aquela província estava toda ela repleta de latrocínios, de brigas e de tantas outras causas de insolência, o duque

---

(3) O primeiro ato de Paolo Orsini e seus partidários, agora aliados do Duque Cesare Borgia, foi a tomada de Senigallia, aos 25.12.1502, que foi entregue no dia 31 do mesmo mês ao duque que chegava com suas tropas. No mesmo dia, Cesare mandou prender Paolo Orsini e seus principais comandantes e partidários, Vitellozzo Vitelli, Oliverotto Eufreducci e Francesco Orsini. Os dois primeiros foram estrangulados na mesma noite; Paolo e Francesco Orsini foram executados no dia 18 de janeiro do ano seguinte, quando Cesare Borgia teve certeza que o Papa, seu pai, havia eliminado os demais chefes do clã Orsini em Roma.

julgou necessário, para torná-la pacífica e obediente ao poder real, dar-lhe um bom governo. Por isso, aí colocou como Ministro, Ramiro de Lorqua, homem cruel e expedito, ao qual deu os mais amplos poderes.

Este, em pouco tempo, tornou-a pacífica e unida, com enorme reputação.

Depois o duque entendeu que não era necessária tão excessiva autoridade, porque não duvidava que pudesse tornar-se odiosa e constituiu um tribunal no centro da província, com um presidente excelentíssimo, junto do qual cada cidade tinha seu advogado.

E porque sabia que os rigorismos passados haviam gerado algum ódio, para purificar os ânimos daquelas populações e cativá-las totalmente, quis mostrar que, se alguma crueldade havia ocorrido, não havia sido causada por ele, mas pela cruel natureza do ministro.

E aproveitando a oportunidade, mandou colocá-lo uma manhã, cortado em dois pedaços, na praça pública de Cesena, com um pedaço de madeira e uma faca ensanguentada ao lado. A ferocidade desse espetáculo fez com que toda a população ficasse ao mesmo tempo satisfeita e estupefata[4].

Mas voltemos ao ponto de partida. Digo que, encontrando-se o duque bastante forte e relativamente garantido contra os perigos presentes, por ter-se armado como queria e ter em boa parte dissolvido aquelas tropas que, próximas, poderiam prejudicá-lo, restava-lhe, querendo prosseguir com as conquistas, o temor ao rei da França, porque sabia como esse procedimento não seria tolerado pelo mesmo que, tarde demais, havia percebido seu erro.

Começou, por isso, a procurar novas amizades e a tergiversar com a França na incursão que os franceses fizeram no reino de Nápoles, contra os espanhóis que assediavam Gaeta. Sua intenção era garantir- se contra eles, o que teria conseguido de imediato, se Alexandre continuasse vivo.

Esta foi sua política quanto às coisas presentes.

Mas quanto às futuras, ele tinha a temer, em primeiro lugar, que um novo sucessor no governo da Igreja não fosse seu amigo e procurasse tomar-lhe aquilo que Alexandre lhe havia dado.

---

(4) A repentina e bárbara execução de Ramiro de Lorqua e exposição de seu cadáver dilacerado em praça pública teria sido motivado por extorsões, por meio de tributos, em proveito próprio. Segundo outras fontes, teria sido a descoberta de um plano de Ramiro e outros para matar Cesare Borgia. Mais provavelmente, o episódio deve ser inserido numa jogada política do duque Borgia para induzir a população da Romanha a ficar fiel, entregando à morte esse cruel e execrável homem, além de um gesto para apaziguar os rebeldes.

E pensou em se assegurar de quatro maneiras. Primeiro, extinguir todas as famílias daqueles senhores que ele havia espoliado, para tolher ao Papa aquela oportunidade contra ele. Segundo, conquistar todos os fidalgos de Roma, como foi dito, para poder com eles manter o Papa sem atuação. Terceiro, tornar o Colégio dos Cardeais mais favorável a ele quanto possível. Quarto, conquistar tanto poder antes que o Papa [e pai] morresse, que pudesse por si mesmo resistir a um primeiro impacto.

Destas quatro coisas, à morte de Alexandre, havia realizado três, estando a quarta quase concluída, porque dos senhores que havia despojado ele matou quantos pôde alcançar e pouquíssimos se salvaram, porque havia conseguido o apoio dos fidalgos romanos e, no Colégio cardinalício, possuía parte consideravelmente grande. Quanto à nova conquista, havia resolvido tornar-se senhor da Toscana, e já possuía Perugia e Piombino e havia tomado a proteção de Pisa.

Como não precisasse mais ter respeito à França — que o desmerecera por estarem os franceses já despojados do reino pelos espanhóis, de modo que cada um deles necessitava comprar sua amizade — saltaria sobre Pisa.

Depois disso, Lucca e Siena cederiam prontamente, parte por inveja dos florentinos, parte por medo. Os florentinos não teriam remédio.

Se tivesse conseguido isso — deveria consegui-lo no mesmo ano em que Alexandre morreu — haveria de conquistar tanto poder e tanta reputação que haveria de manter-se por suas próprias forças e não haveria mais de depender da sorte e das forças dos outros, mas de seu próprio poder e virtude.

Mas Alexandre morreu cinco anos depois que ele havia começado a desembainhar a espada. Deixou-o apenas com o Estado da Romanha consolidado, com todos os outros no ar, entre dois fortíssimos exércitos inimigos e gravemente doente[5].

Havia, contudo, no duque tanta intrepidez e tanta virtude, conhecia tão bem como se conquistam ou se perdem os homens e eram de tal modo sólidos os alicerces que em tão pouco tempo havia lançado que, se não tivesse tido aqueles exércitos sob seu comando ou se estivesse são, teria vencido qualquer dificuldade.

E que os seus alicerces fossem bons, pôde ser visto porque a Romanha o esperou mais de um mês; em Roma, ainda que apenas semivivo, esteve

---

(5) O Papa Alexandre VI morreu no dia 18 de agosto de 1503, mas caíra doente a 12 de agosto, juntamente com o filho Cesare Borgia. Espalhou-se o boato de que os dois, pai e filho, teriam sido envenenados.

em segurança e, embora os Baglioni, Vitelli e Orsini viessem a Roma, não encontraram quem os auxiliasse contra ele; se não pôde fazer papa quem ele queria, pelo menos evitou que fosse eleito quem ele não queria[6].

Mas, se por ocasião da morte de Alexandre ele estivesse gozando de boa saúde, tudo lhe teria sido fácil. E ele me disse[7], no dia em que foi eleito Júlio II, que havia pensado em tudo o que poderia acontecer morrendo o pai e para tudo havia encontrado remédio, mas jamais havia pensado que, além da morte de seu pai, também ele próprio pudesse estar para morrer.

Relatadas, portanto, todas as ações do duque, eu não ousaria recriminar-lhe algum erro; antes, parece-me oportuno, como o fiz, propô-lo como exemplo a ser imitado por todos aqueles que, por sorte e com as armas de outros, subiram ao poder, porque ele, tendo grande ânimo e visão voltada para grandes objetivos, não podia portar-se de outra forma. A seus desígnios se opuseram somente a brevidade da vida de Alexandre e sua enfermidade.

Quem, portanto, julgar necessário, em seu principado novo, assegurar-se contra os inimigos, cativar amigos, vencer pela força ou pela fraude, fazer-se amar e temer pelo povo, seguir e temer pelos soldados, eliminar aqueles que podem ou devem causar danos, renovar por outras formas as instituições antigas, ser severo e grato, magnânimo e liberal, extinguir a milícia infiel, criar uma nova, manter a amizade dos reis e dos príncipes, de modo que tragam benefícios amigavelmente ou ofendam com cautela, não poderá encontrar exemplos mais recentes que as ações desse duque.

Somente se pode acusá-lo de ter agido mal na eleição do pontífice Júlio, quando fez a escolha errada.

Porque, como foi dito, não podendo fazer um papa de acordo com seu desejo, ele podia impedir que fosse eleito quem não quisesse. E não devia jamais consentir que concorressem ao papado aqueles cardeais que tivessem sido ofendidos por ele ou que, tornados papas, viessem a ter medo dele, porquanto os homens ofendem por medo ou por ódio.

---

(6) Cesare Borgia conseguiu exercer sua influência, através dos Cardeais espanhóis, sobre o conclave que elegeu o novo Papa, no dia 23 de setembro de 1503, na pessoa de Francesco Todeschini Piccolomini (que tomou o nome de Pio III), velho e enfermo. De fato, Pio III morreu no dia 18 de outubro seguinte, 25 dias após ter sido eleito.
(7) Maquiavel foi a Roma para seguir o conclave que elegeria o novo Papa. Apesar de todos os esforços e conchavos políticos de Cesare Borgia para evitar a eleição de seu inimigo declarado, o Cardeal Giuliano della Rovere, este acabou sendo eleito e tomou o nome de Júlio II que seria apelidado de "Papa guerreiro" porque, segundo se dizia, sob suas vestes papais portava a couraça, sempre pronto a tomar a frente de seus exércitos em qualquer eventualidade e em qualquer guerra de conquista.

Aqueles que ele havia ofendido eram, entre outros, San Piero ad Vincula, Colonna, San Giorgio, Ascanio[8]. Todos os outros, tornados papas, tinham porque temê-lo, exceto aquele de Rouen[9] e os espanhóis. Estes, por afinidade e por obrigações[10], aquele pelo poder e por ter a seu lado o reino da França.

Por conseguinte, o duque, antes de tudo, devia eleger como papa um espanhol e, não podendo, devia consentir que fosse eleito o Cardeal de Roen e não, o de San Piero ad Vincula.

E quem acredita que nos grandes personagens os novos benefícios fazem esquecer as velhas injúrias, engana-se.

O duque errou, portanto, nessa eleição, tornando-se ele mesmo causa de sua ruína definitiva[11].

---

(8) Maquiavel cita os Cardeais pelo título ou pela circunscrição eclesiástica que regiam [o primeiro e o terceiro] ou ainda pelo prenome ou pelo nome de família [o segundo e o quarto]. Trata-se, na ordem seguida por ele, dos Cardeais Giuliano Della Rovere, Giovanni Colonna, Raffaello Riario e Ascanio Sforza. O primeiro havia sido inimigo declarado de Alexandre VI; os outros três pertenciam a famílias que haviam sido duramente atingidas pelos Borgia.
(9) Ver cap. III, p. 25.
(10) Os Cardeais espanhóis tinham um vínculo de nacionalidade, porquanto os Borgia também eram espanhóis, e deviam obrigações a estes pelos grandes benefícios recebidos
(11) Cesare Borgia e Giuliano Della Rovere (eleito Papa com o nome de Júlio II) fizeram um acordo antes da eleição: os Cardeis espanhóis votariam em Giuliano e este prometia conceder um título honorífico da Igreja para Cesare, além de deixá-lo em paz em seus Estados. Depois de eleito, Júlio II deixou Cesare em paz por alguns dias, mas quando este decidiu partir de Roma, o Papa mandou prendê-lo. Cesare negociou a entrega das fortalezas que continuavam fiéis a ele por um salvo-conduto para Nápoles, onde chegou em abril de 1504. Preso à traição, foi transferido para a Espanha. Conseguiu fugir e buscou refúgio junto ao rei de Navarra que era seu cunhado. Combatendo nos exércitos deste contra um feudatário rebelde, Cesare Borgia morreu no campo de batalha, no dia 12.03.1507.

Capítulo VIII

DAQUELES QUE CONQUISTARAM PRINCIPADOS POR MEIO DE CRIMES
(DE HIS QUI PER SCELERA AD PRINCIPATUM PERVENERE)

Pode-se, ainda, de cidadão privado tornar-se príncipe de dois modos que não podem ser atribuídos totalmente à sorte ou à virtude, não me parece justo deixá-los de lado, ainda que de um deles se possa falar mais amplamente quando se tratasse das repúblicas.

Estes são ou quando por qualquer meio criminoso e abominável se ascende ao principado ou quando um cidadão privado se torna príncipe de sua pátria pelo favor de seus concidadãos.

E ao falar do primeiro modo, vou apontar dois exemplos, um antigo e outro atual, sem entrar, contudo, no mérito desta parte, porquanto julgo que seja suficiente, para quem tiver a necessidade, apenas imitá-los.

Agátocles, siciliano, não só de privada mas também de ínfima e abjeta condição, tornou-se rei de Siracusa[1].

Filho de um oleiro, teve sempre, nas diferentes etapas de sua idade, vida celerada. Entretanto, seus atos criminosos eram acompanhados de tanto vigor de ânimo e de corpo que, ingressando na milícia e galgando os diversos graus dessa, chegou a ser pretor de Siracusa.

---

(1) Agátocles foi rei de Siracusa de 316 a 289 a.C.

Uma vez investido nesse posto, tendo deliberado tornar-se príncipe e manter, pela violência e sem dever obrigações a outros, aquilo que por acordo lhe havia sido concedido, e tendo ainda mantido estreito acordo sobre seu plano com o cartaginês Amílcar, que se encontrava em ação com seus exércitos na Sicília, reuniu certa manhã o povo e o senado de Siracusa, como se tivesse de deliberar sobre assuntos pertinentes à República.

A um sinal combinado, fez com que seus soldados matassem todos os senadores e os mais ricos dentre o povo. Mortos estes, ocupou e manteve o principado daquela cidade sem qualquer controvérsia civil.

E embora tivesse sido derrotado em batalha por duas vezes pelos cartagineses e depois sitiado, não só pôde defender sua cidade como ainda, tendo deixado parte de sua gente na defesa contra o cerco, com o restante atacou a África e em breve tempo libertou Siracusa do assédio, levando os cartagineses a extremo perigo. E tiveram de firmar um acordo com ele e contentar-se com as possessões da África, deixando a Sicília para Agátocles.

Quem considerar, portanto, as ações e a vida desse príncipe, não haverá de encontrar alguns eventos, ou muito poucos, que possam ser atribuídos à sorte, porquanto, como foi dito acima, não pelo favor de alguém, mas por sua ascensão na milícia, obtida com mil aborrecimentos e perigos, conseguiu alcançar o principado e, depois, mantê-lo com tantas decisões corajosas e muito arriscadas.

Não se pode, por outro lado, chamar virtude matar seus concidadãos, trair os amigos, não ter fé, nem piedade, nem religião. Esses modos podem levar à conquista do poder, mas não à glória.

Além do mais, se for considerada a virtude de Agátocles ao enfrentar e sair dos perigos e a grandeza de seu ânimo ao suportar e superar as adversidades, não se vislumbra porque ele deva ser julgado inferior a qualquer um dos mais excelentes capitães. Entretanto, sua exacerbada crueldade e desumanidade, com infinitas perversidades, não permitem que ele seja celebrado entre os homens mais insignes.

Não se pode, portanto, atribuir à sorte ou à virtude aquilo que sem uma e outra foi por ele conseguido.

Em nossos tempos, reinando Alexandre VI, Oliverotto da cidade de Fermo, tendo muitos anos antes ficado órfão de pai, foi criado por um tio materno, chamado Giovanni Fogliani. Nos primeiros anos de sua juventude, foi encaminhado à vida militar, sob o comando de Paulo Vitelli, para que, bem treinado naquela disciplina, atingisse algum excelente posto da milícia.

Depois, com a morte Paulo, militou sob Vitellozzo, irmão daquele, e em muito pouco tempo, por ser engenhoso, de físico e ânimo fortes, tornou-se o primeiro homem de sua milícia.

Mas parecendo-lhe coisa servil ficar sob as ordens de outrem, com a ajuda de alguns cidadãos de Fermo, aos quais era mais cara a servidão que a liberdade de sua pátria[2], e com o favor de Vitellozzo, pensou ocupar Fermo.

Escreveu então a Giovanni Fogliani, dizendo que, por ter estado muitos anos fora de casa, desejava visitar a ele e sua cidade e conhecer seu patrimônio. E como não tinha trabalhado senão para conquistar honras, para que seus concidadãos vissem como não tinha gasto o tempo em vão, queria chegar com pompa e acompanhado de cem cavalos de amigos e servidores seus. Pedia-lhe que tivesse a gentileza de ordenar que fosse recebido pelos cidadãos de Fermo com todas as honras, o que não somente o dignificaria, mas também a ele, seu tio, uma vez que havia sido criado por ele.

Para isso, Giovanni não mediu esforços em favor de seu sobrinho. Tendo feito com que os habitantes de Fermo o recebessem com honrarias, alojou-o em suas casas. Aí, passados alguns dias e pronto para ordenar secretamente aquilo que era necessário à sua futura perfídia, promoveu soleníssimo banquete para o qual convidou Giovanni Fogliani e todos os principais homens de Fermo.

Consumadas as iguarias e depois de todos os demais entretenimentos usuais em semelhantes ocasiões, Oliverotto, com habilidade, abordou certos assuntos graves, falando da grandeza do Papa Alexandre, de seu filho Cesare e dos empreendimentos de ambos. Tendo Giovanni e os demais respondido a essas considerações, ele se ergueu de repente, dizendo que essas coisas deviam ser tratadas em lugar mais secreto. Retirou-se então para uma sala, sendo seguido por Giovanni e todos os outros cidadãos.

Nem tinham tomado assento ainda que, de lugares ocultos, saíram soldados que mataram Giovanni e a todos os demais.

Depois desse homicídio, Oliverotto montou a cavalo, correu a cidade acompanhado de seus homens e assediou em seu palácio os membros do Conselho Geral. Estes, por medo, foram obrigados a obedecer e formar um governo do qual ele se fez príncipe. Assassinados todos aqueles que, descontentes, poderiam prejudicá-lo, fortaleceu-se com novas ordens civis e militares, de modo que, no período de um ano em que manteve o principado, não se sentia seguro somente na cidade de Fermo, mas se havia tornado temível a todos os seus vizinhos.

---

(2) Fermo, na época, era uma república.

Sua destruição teria sido difícil, como o foi aquela de Agátocles, se não tivesse sido enganado por Cesare Borgia quando este, em Senigallia, como foi dito acima, aprisionou os Orsini e os Vitelli, onde, preso também ele, exatamente um ano após ter cometido o parricídio, foi estrangulado juntamente de Vitellozzo, mestre de suas virtudes e de suas perversidades.

Poderia alguém ficar em dúvida sobre a razão por que Agátocles e algum outro a ele semelhante, após tantas traições e crueldades, puderam viver longamente, em segurança, dentro de sua pátria e ainda defender-se dos inimigos externos, sem que seus cidadãos tivessem conspirado contra eles, tanto mais notando-se que muitos outros não conseguiram, mediante a crueldade manter o Estado nos tempos pacíficos e, muito menos, nos tempos incertos de guerra.

Acredito que isto seja causado pelas crueldades mal usadas ou bem usadas.

Bem usadas podem ser chamadas aquelas – se do mal é lícito falar bem – que se fazem instantaneamente pela necessidade de se firmar e, depois, não se insiste mais nelas, mas são transformadas, no máximo possível, em utilidade para os súditos.

Mal usadas são aquelas que, mesmo poucas a princípio, com o decorrer do tempo aumentam em vez de se extinguirem.

Aqueles que observam o primeiro modo, podem remediar sua situação com o apoio de Deus e dos homens, como ocorreu com Agátocles; aos outros, torna-se impossível manter-se no poder.

Por isso deve-se notar que, ao ocupar um Estado, o ocupante deve considerar todos aqueles danos que é necessário para ele causar, praticando-os todos de uma só vez, para não ter de renová-los a cada dia e poder, sem repeti-los, dar segurança aos homens e conquistá-los com benefícios.

Quem agir diversamente, por timidez ou por mau conselho, tem sempre necessidade de ficar com a faca na mão, não podendo jamais confiar em seus súditos, porquanto estes também não podem confiar nele, diante das novas e contínuas injúrias.

As injúrias, portanto, devem ser feitas todas de uma só vez, a fim de que, pouco degustadas, ofendam menos. Os benefícios devem ser feitos aos poucos, para que sejam degustados melhor.

Acima de tudo, um príncipe deve viver com seus súditos de modo que nenhum acidente, bom ou mau, o faça mudar, porque, surgindo com os tempos adversos a necessidade, não estarás em tempo de fazer o mal, e o bem que tu fizeres não te será útil, pois é julgado forçado e não te rende a gratidão de teus súditos.

Capítulo IX
DO PRINCIPADO CIVIL
(DE PRINCIPATU CIVILI)

Passando a outra parte, quando um cidadão privado, não por perversidade ou por outra intolerável violência, mas com o favor de seus concidadãos, torna-se príncipe de sua pátria – que se pode chamar principado civil, não sendo necessário para tanto muita virtude ou muita fortuna, mas antes de tudo uma astúcia afortunada – digo que se ascende a esse principado com o favor do povo ou dos grandes.

Porque em toda cidade se encontram essas duas tendências diversas e isso decorre do fato de que o povo não quer ser mandado nem oprimido pelos poderosos e os poderosos desejam governar e oprimir o povo. E desses dois anseios diversos surge nas cidades um dos três efeitos: principado ou liberdade ou desordem.

O principado é constituído pelo povo ou pelos grandes, conforme uma ou outra dessas partes tenha oportunidade, porque os grandes, vendo que não podem resistir ao povo, começam a emprestar prestígio a um dentre eles e o fazem príncipe para poderem, sob sua sombra, dar vazão a seu apetite; o povo também, vendo que não pode resistir aos poderosos, volta sua estima a um cidadão e o faz príncipe para ser defendido com sua autoridade.

Aquele que chega ao principado com a ajuda dos grandes se mantém com mais dificuldade do que aquele que chega ao posto com o apoio do povo, pois encontram-se príncipes com muitos a seu redor, os quais parecem ser iguais a eles e, por isso, não podem nem governar nem dominar à sua maneira.

Mas aquele que chega ao principado com o favor popular, encontra-se só e a seu derredor não tem ninguém ou são pouquíssimos os que não estão preparados para obedecer.

Além disso, não se pode honestamente satisfazer os grandes sem ofender a outros, mas sim pode-se fazer bem ao povo, porque o objetivo do povo é mais honesto que aquele dos poderosos, querendo estes oprimir enquanto aquele apenas quer não ser oprimido.

Além disso, quando o povo é inimigo, um príncipe jamais pode estar garantido, por serem muitos os que compõem o povo. Mas dos grandes, pode-se assegurar porque são poucos.

O pior que um príncipe pode esperar do povo hostil é ser abandonado por ele; mas dos poderosos, quando inimigos, não só deve temer ser abandonado, como também deve recear que se voltem contra ele, porque, havendo neles mais visão e maior astúcia, se empenham de antemão para salvar-se e procuram adquirir prestígio junto daquele que esperam que venha a vencer.

Ainda, o príncipe tem de viver, necessariamente, sempre com o mesmo povo, ao passo que pode viver bem sem aqueles mesmos poderosos, uma vez que pode dispor deles e indispor-se contra eles a cada dia e, a seu bel-prazer, dar-lhes ou tirar-lhes reputação.

E, para melhor esclarecer esta parte, digo que os grandes devem ser considerados em dois grupos principais: ou se comportam em seus procedimentos de modo a se obrigarem totalmente à tua sorte, ou não.

Aqueles que se obrigam e não são rapaces, devem ser considerados e amados.

Aqueles que não se obrigam devem ser considerados de dois modos. Se fazem isso por pusilanimidade e por natural defeito de espírito, então deverás servir-te deles, sobretudo daqueles que são bons conselheiros, porque na prosperidade isso te trará honras e na adversidade não precisarás temê-los.

Mas quando eles não se obrigam por malícia e por ambição de poder, é sinal que pensam mais em si próprios do que em ti.

Desses, o príncipe deve guardar-se e temê-los como se fossem inimigos declarados, porque sempre, na adversidade, empenhar-se-ão em arruiná-lo. Alguém, portanto, que chegue a ser príncipe mediante o favor do povo, deve conservá-lo amigo, o que se lhe torna fácil, uma vez que o povo não pede senão não ser oprimido.

Mas quem se torne príncipe pelo favor dos grandes, contra a vontade do povo, deve antes de tudo procurar cativá-lo para si, o que se lhe torna fácil quando assume a proteção do mesmo.

E porque os homens, quando recebem o bem de quem esperavam receber o mal, obrigam-se mais a seu benfeitor, torna-se o povo imediatamente mais benevolente para com ele do que se tivesse sido por ele levado ao principado. O príncipe pode ganhar o povo de muitas maneiras que, por variarem de acordo com as circunstâncias, delas não se pode estabelecer regra fixa; por essa razão, delas não trataremos.

Concluirei apenas que a um príncipe é necessário ter o povo como amigo, caso contrário não terá salvação nas adversidades.

Nabis, príncipe dos espartanos, suportou o assédio de toda a Grécia e de um exército romano, coberto de vitórias, e contra eles defendeu sua pátria e seu Estado. Bastou-lhe apenas, sobrevindo o perigo, garantir-se contra poucos[1], o que não teria sido suficiente se tivesse o povo como inimigo.

E que não venha alguém para refutar essa minha opinião com aquele provérbio bastante repetido de que, quem se apoia no povo se alicerça no barro, porque o mesmo é verdadeiro somente quando um cidadão privado se apoia no povo e imagina que esse vá libertá-lo quando oprimido pelos inimigos ou pelos magistrados.

Neste caso seria possível sentir-se frequentemente enganado, como os Gracos em Roma e o senhor Giorgio Scali em Florença[2].

---

(1) Nabis teria mandado prender e matar aproximadamente oitenta nobres.
(2) Os dois irmãos Graco promoveram a revolução em Roma em favor do povo, para evitar a ruína da classe rural. A impotência moral e econômica dessa classe que queriam salvar, levou-os à ruína. Giorgio Scali foi, durante três anos, um dos quatro príncipes da cidade de Florença, gozando do apoio das classes inferiores do povo. Desprezando as classes superiores, foi por elas preso e decapitado (em 1382), sem que o povo pudesse salvá-lo. Antes de morrer, confessou que "havia confiado demais num povo que, a cada palavra, a cada ato, a cada suspeita se move e se corrompe". A ele também se atribui a frase que se tornou proverbial: "Quem se apoia no povo, com perdão da palavra, se apoia na merda."

Mas se aquele que se apoia no povo é um príncipe que possa comandar e que seja um homem de coragem, que não esmoreça nas adversidades, que não careça de armas e que mantenha com seu valor e suas ordens animado todo o povo, jamais se sentirá por ele enganado e constatará ter estabelecido bons fundamentos.

Esses principados costumam perigar, quando estão para passar da ordem civil para um governo absoluto.

Porque esses príncipes governam por si mesmos ou por intermédio dos magistrados. Nesse último caso a situação deles é mais fraca e perigosa, porque dependem completamente da vontade dos cidadãos prepostos como magistrados, os quais, sobretudo nos tempos adversos, podem tomar-lhes o Estado com grande facilidade, abandonando-o ou contrariando suas ordens.

E o príncipe não pode, nas ocasiões de perigo, assumir em tempo a autoridade absoluta, porque os cidadãos e os súditos, acostumados a receber as ordens dos magistrados, não estão, nessas circunstâncias, preparados para obedecer às ordens do príncipe.

E haverá sempre, nos tempos duvidosos, carência de pessoas nas quais ele possa confiar, porque um príncipe como esse não pode basear-se naquilo que observa nas épocas de paz, quando os cidadãos precisam do Estado, até porque então, todos correm, todos prometem e cada um quer morrer pelo príncipe, enquanto a morte está longe.

Mas na adversidade, quando o Estado precisa dos cidadãos, poucos são encontrados.

E tanto mais é perigosa essa experiência, quanto não se pode fazê-la senão uma vez. Entretanto, um príncipe hábil deve pensar na maneira pela qual possa fazer com que seus cidadãos, sempre e em qualquer circunstância, tenham necessidade do Estado e dele. Assim sendo, ser-lhe-ão sempre fiéis.

Capítulo X
COMO DEVEM SER CONSIDERADAS AS FORÇAS DE TODOS OS PRINCIPADOS
(QUOMODO OMNIUM PRINCIPATUUM VIRES PERPENDI DEBEANT)

Ao examinar as qualidades destes principados, convém considerar um outro aspecto, isto é, se um príncipe tem um Estado tão forte que possa, precisando, manter-se por si mesmo ou, ao contrário, se tem sempre necessidade da defesa de outrem.

Para esclarecer melhor esta parte, digo como julgo que podem manter-se por si mesmos aqueles que podem, por abundância de homens ou de dinheiro, organizar um exército suficiente e fazer uma batalha campal contra quem quer que venha atacá-lo.

E assim julgo que sempre têm necessidade de outros aqueles que não podem enfrentar o inimigo em campo aberto, mas são obrigados a refugiar-se dentro das muralhas da cidade e defendê-las.

Quanto ao primeiro caso, já se falou a respeito e, daqui em diante, diremos o que for necessário.

No segundo caso, não se pode dizer outra coisa, senão advertir esses príncipes a fortificarem e a proverem sua cidade, não se preocupando com o território que a contorna.

E quem tiver sua cidade bem fortificada e, acerca dos outros assuntos, se tenha conduzido para com os súditos como acima foi dito e como abaixo se haverá de dizer, será atacado sempre com grande temor, porque os homens são sempre inimigos dos empreendimentos em que prevejam dificuldades, nem se poderá encontrar facilidade para atacar quem tenha sua cidade forte e não seja odiado pelo povo.

As cidades da Alemanha gozam de grande liberdade, têm pouco território e obedecem ao imperador quando querem, não temendo nem a este nem a outro poderoso que habite em seu derredor.

Porque são de tal modo fortificadas que todos pensam dever ser enfadonha e difícil sua expugnação. Todas têm fossos e muralhas adequadas, possuem artilharia suficiente, conservam sempre nos armazéns públicos o necessário para beber, comer e arder por um ano.

Além disso, para manter a plebe alimentada sem prejuízo do erário, têm sempre, em comum, por um ano, meios para lhe dar trabalho naquelas atividades que sejam o nervo e a vida daquelas cidades e das indústrias das quais a plebe se alimente. Têm também em grande conceito os exercícios militares, a respeito dos quais têm muitas leis para mantê-los.

Um príncipe, portanto, que tenha uma cidade assim organizada e não se faça odiar, não pode ser atacado e, existindo alguém que o atacasse, retirar-se-ia com vergonha, porque as coisas do mundo são tão variadas que é quase impossível que alguém pudesse ficar com os exércitos parados por um ano a assediá-lo.

A quem replicasse que, se o povo tiver suas propriedades fora da cidade e, vendo-as arder, não teria paciência e o longo assédio e a piedade de si mesmo o fariam esquecer o amor pelo príncipe, eu responderia que um príncipe prudente e intrépido superaria sempre todas essas dificuldades, dando aos súditos ora esperança de que o mal não será longo, ora incutindo temor da crueldade do inimigo, ora com destreza tornando inócuos aqueles que lhe parecessem demasiado temerários.

Além disso, é lógico que o inimigo deva queimar e arruinar o país logo que chegue e no período em que o ânimo dos homens está ainda ardente e cheio de vontade de combater na defesa. Por isso, o príncipe deve ter poucas dúvidas porque, depois de alguns dias, quando os ânimos estão mais frios, os danos já foram causados, os males já foram sofridos e não há mais remédio.

Então, os súditos chegam para se unir ainda mais a seu príncipe, parecendo-lhes que este lhes deva obrigação, uma vez que suas casas foram incendiadas e suas propriedades arruinadas para a defesa dele.

E a natureza dos homens tende sempre a se sentir obrigada tanto pelos benefícios que são feitos como por aqueles que se recebem.

Em vista disso, considerando bem tudo, não será difícil a um príncipe prudente conservar firmes, antes e depois do cerco, os ânimos de seus cidadãos, desde que não faltem víveres nem meios de defesa.

CAPÍTULO XI

DOS PRINCIPADOS ECLESIÁSTICOS
(DE PRINCIPATIBUS ECLESIASTICIS)

Agora nos resta somente tratar dos principados eclesiásticos, nos quais todas as dificuldades subsistem antes que deles se tenha a posse, porque são adquiridos pela virtude ou pela sorte e, sem uma e outra, são conservados, também porque são sustentados pelas ordens de há muito estabelecidas na religião. Estas se tornaram tão fortes e de tal eficácia que mantêm seus príncipes no poder, não importando o modo como procedem e vivem.

Só esses possuem Estados e não os defendem, têm súditos e não os governam.

E os Estados, por quanto sejam indefesos, não lhes são tomados. Os súditos, conquanto não sejam governados, não se preocupam, não pensam nem podem separar-se deles.

Somente esses principados, portanto, são seguros e felizes. Mas, sendo eles dirigidos por razões superiores, às quais a mente humana não atinge, deixarei de falar deles, mesmo porque, sendo engrandecidos e mantidos por Deus, seria obra de homem presunçoso e temerário dissertar a respeito deles.

Entretanto, se alguém me perguntasse de onde provém que a Igreja, no poder temporal, tenha chegado a tanta grandeza – porque até Alexandre os potentados italianos, e não apenas aqueles que eram chamados potentados, mas qualquer barão e senhor, mesmo sem importância alguma, davam pouco valor ao poder temporal da Igreja e, agora, um rei da França treme, ela pôde expulsá-lo da Itália e ainda consegue arruinar os venezianos – se perguntado, não me parece supérfluo relembrar isso, embora se trate de fatos por demais conhecidos.

Antes que Carlos, rei da França, invadisse a Itália, esta província se encontrava sob o domínio do Papa, dos venezianos, do rei de Nápoles, do duque de Milão e dos florentinos.

Estes potentados tinham de se preocupar com dois cuidados principais. Um, que nenhum estrangeiro entrasse na Itália com exércitos. Outro, que nenhum deles ampliasse os próprios domínios.

Aqueles que mais preocupavam eram o Papa e os venezianos. Para conter os venezianos, tornava-se necessária a união de todos os demais, como ocorreu na defesa de Ferrara. Para manter sob controle o Papa, serviam-se dos barões de Roma, porquanto, estando divididos em duas facções, Orsini e Colonna, sempre existia motivo de discórdia entre eles e, estando de armas em punho sob os olhos do pontífice, mantinham o pontificado fraco e inseguro.

Ainda que surgisse, vez por outra, um Papa corajoso, como foi Sixto[1], nem sua sorte, contudo, nem seu saber puderam livrá-lo desses inconvenientes.

A brevidade da vida dos pontífices era a causa dessa situação, porque, nos dez anos que, em média, um Papa reinava, somente com muita dificuldade podia enfraquecer uma das facções. Se, por exemplo, um deles tivesse quase eliminado os Colonna, surgia um outro, inimigo dos Orsini, que os fazia ressurgir sem que houvesse tempo para liquidar os Orsini[2].

---

(1) Sixto IV (1471-1484) usou de uma política de nepotismo tão ampla que provocou diversas guerras entre os potentados italianos. Em outra obra, Maquiavel escreve que foi esse Papa o primeiro a mostrar quanto um pontífice podia cometer erros e como esses podiam ser acobertados sob a autoridade pontifícia.

Isto tornava o poder temporal do Papa pouco considerado na Itália.

Surgiu depois Alexandre VI que, dentre todos os pontífices que já existiram, foi o que mostrou quanto um Papa podia fazer, com dinheiro e tropas, para adquirir maior poder. E realizou, com o uso do Duque Valentino como instrumento e com a oportunidade da invasão dos franceses, todas aquelas coisas que relatei acima, a propósito das ações do duque[3].

Embora sua intenção não fosse tornar grande a Igreja, mas sim o duque, não obstante, tudo o que fez reverteu em favor da grandeza da Igreja, a qual, após sua morte, extinto o duque, se tornou herdeira de suas fadigas.

Veio depois o Papa Júlio e encontrou a Igreja grande, possuindo toda a Romanha, reduzidos à impotência os barões de Roma e, pelas perseguições de Alexandre, anuladas aquelas facções. Encontrou ainda o caminho aberto para acumular dinheiro, o que jamais havia sido feito antes de Alexandre.

Júlio não só seguiu essas práticas, como as ampliou. Pensou em conquistar Bolonha, extinguir os venezianos e expulsar os franceses da Itália. E em todos esses empreendimentos teve êxito e, com tanto maior louvor, quanto realizou tudo isso para engrandecer a Igreja e não para favorecer algum cidadão privado.

Manteve ainda as facções dos Orsini e dos Colonna nas mesmas condições em que as havia encontrado.

E embora houvesse entre eles alguns chefes capazes de provocar desordens, duas coisas no entanto os mantiveram quietos. Uma, a grandeza da Igreja que os atemorizava. Outra, por não terem Cardeais

---

(2) As poderosas famílias romanas Colonna e Orsini apareceram no cenário político no século XII, já em aberto conflito. Os Orsini tomaram o partido do Papa contra o Império Germânico e ampliaram seu poder graças ao Papa Nicolau III (1277-1280), cujo nome era Giovanni Orsini. Possuíam grande número de feudos em torno de Roma. Os Colonna, que possuíam o restante dos feudos nas cercanias de Roma, aliaram-se à França contra o Papa Bonifácio VIII (1294-1303), na famosa questão em que o Papa queria submeter o poder político dos reis ao poder espiritual do papado; essa decisão foi tornada oficial com a publicação da Bula papal Unam Sanctam. Filipe, o Belo, rei da França, contrário a essa intromissão do Papa nos assuntos de Estado, mandou seus piores esbirros até a Itália para prender o Papa que se encontrava em Anagni, sua cidade natal, situada nos arredores de Roma. O Papa foi preso, esbofeteado, mas, num cochilo de seus algozes, conseguiu evadir-se, com o auxílio da população. Voltou às pressas e às escondidas para Roma, mas morreu de desgosto um mês depois. E sua Bula não teve mais efeito algum. O auge do poderio dos Colonna foi atingido com o Papa Martinho V (1417-1431) que se chamava Ottavio Colonna. As duas famílias, Orsini e Colonna, interferiram durante longos séculos nas eleições dos Papas, por ocasião das quais travavam lutas políticas ferozes, quando não abomináveis.
(3) Capítulo III.

que são os causadores dos tumultos entre as facções[4]. Nem em tempo algum ficarão quietas essas partes, desde que possuam Cardeais, porque estes sustentam as facções dentro e fora de Roma e os barões são obrigados a defendê-las. Assim, da ambição dos prelados, surgem as discórdias e os tumultos entre os barões.

Sua Santidade, o Papa Leão, encontrou o pontificado potentíssimo e, espera-se, se aqueles o fizeram grande pelas armas, este o fará ainda maior e mais venerado pela bondade e suas outras infinitas virtudes[5].

---

(4) Somente no dia 1º de julho de 1517 foram criados Cardeais destas famílias: Pompeo Colonna e Franciotto Orsini.
(5) Trata-se de Giovanni de' Medici, eleito no dia 21 de fevereiro de 1513 e que tomou o nome de Leão X. Foi grande propulsor e mecenas das belas artes e das letras.

Capítulo XII

DE QUANTAS ESPÉCIES SÃO AS MILÍCIAS E DOS SOLDADOS MERCENÁRIOS
(QUOT SINT GENERA MILITIAE ET DE MERCENARIIS MILITIBUS)

Tendo falado detalhadamente de todas as espécies de principados, dos quais no início me propus tratar, e considerando, em alguns pontos, as causas do bem-estar e do mal-estar deles, tendo mostrado os modos pelos quais muitos procuraram adquiri-los e conservá-los, resta-me agora falar de modo geral dos meios ofensivos e defensivos que em cada um dos citados principados possam ocorrer.

Dissemos acima como é necessário a um príncipe ter boas bases, caso contrário cairá necessariamente em ruína.

As principais bases que todos os Estados têm, tanto os novos como os velhos ou os mistos, são as boas leis e os bons exércitos. E como não pode haver boas leis onde não existem bons exércitos e, onde existem bons exércitos, convém que haja boas leis, deixarei de tratar das leis e vou falar dos exércitos.

Digo, portanto, que os exércitos com que um príncipe defende seu Estado são próprios ou são mercenários ou auxiliares ou mistos.

As tropas mercenárias e as auxiliares são inúteis e perigosas. E se alguém tem seu Estado apoiado nas tropas mercenárias, jamais estará firme e seguro, porque são desunidas, ambiciosas, indisciplinadas, infiéis, corajosas entre os amigos, vis entre os inimigos. Não têm temor a Deus e não têm fé nos homens e, assim, tanto se adia a ruína, quanto se transfere o ataque. Na paz se é espoliado por elas, na guerra, pelos inimigos.

A razão disto é que elas não têm outro amor nem outro motivo que as mantenha em campo, a não ser um pouco de soldo que não é suficiente para fazer com que queiram morrer por ti.

Querem assim mesmo ser teus soldados, enquanto não estás em guerra. Mas, quando a guerra surge, querem fugir ou ir embora.

Para persuadir alguém dessas coisas não me é necessária muita fadiga, porquanto a atual ruína da Itália não foi causada por outro fator do que ter, pelo espaço de muitos anos, repousado totalmente sobre tropas mercenárias.

Elas já fizeram algo em favor de alguns e pareciam corajosas nas lutas entre si. Mas quando surgiu o estrangeiro, mostraram o que eram. Por isso foi possível a Carlos, rei da França, tomar a Itália com o giz[1]. E quem afirmava que a causa disso foram os nossos pecados, dizia a verdade, embora não fossem esses pecados aqueles que ele julgava, mas sim esses que narrei. E como eram pecados de príncipes, estes mesmos sofreram o castigo.

Quero demonstrar melhor a ineficácia dessas tropas. Os capitães mercenários são homens excelentes ou não o são. Se o forem, não podes confiar neles, porque sempre aspirarão à própria grandeza ou a te oprimir, tu que és seu patrão, ou ainda a oprimir os outros contra tua vontade. Mas se o capitão for um incompetente, certamente te levará à ruína.

E se for respondido que qualquer um que tiver as tropas nas mãos fará isso, mercenário ou não, replicarei dizendo como as tropas devem ser manobradas por um príncipe ou por uma república. O príncipe deve ir pessoalmente com as tropas e exercer as funções do capitão. A república deve mandar seus cidadãos e, quando enviar um que não se revele valente, deve substituí-lo, quando intrépido deve detê-lo com as leis para que não avance além dos limites.

---

(1) Metáfora que relembra a função do furriel que demarcava com giz os alojamentos a serem ocupados pelas tropas.

Por experiência são vistos somente príncipes e repúblicas armados fazendo grandes progressos, enquanto as tropas mercenárias são vistas causando nada mais que danos. Ainda, uma república armada de tropas próprias se submete ao domínio de um seu cidadão com muito mais dificuldades do que aquela que esteja protegida por tropas estrangeiras.

Roma e Esparta foram durante muitos séculos armadas e livres. Os suíços são armadíssimos e extremamente livres.

Das tropas mercenárias antigas, podemos citar como exemplo os cartagineses que, quase foram oprimidos por seus soldados mercenários, ao fim da primeira guerra com os romanos, muito embora os cartagineses tivessem, como capitães, seus próprios cidadãos.

Filipe da Macedônia foi feito pelos tebanos capitão de sua gente, depois da morte de Epaminondas e, após a vitória, tirou-lhes a liberdade.

Os milaneses, morto o Duque Filipe, contrataram a soldo Francisco Sforza para combater os venezianos. Vencidos os inimigos em Caravaggio, ele se uniu a estes para oprimir os milaneses, seus patrões.

Sforza, seu pai, tendo sido contratado a soldo pela Rainha Joana de Nápoles, deixou-a repentinamente desarmada. Por isso ela, para não perder o reino, foi obrigada a lançar-se nos braços do rei de Aragão.

E se venezianos e florentinos, ao contrário, conseguiram aumentar seus domínios com essas tropas, e seus capitães não se fizeram príncipes mas os defenderam, esclareço que os florentinos, neste caso, foram favorecidos pela sorte, porque dentre os capitães de valor que podiam temer, alguns não venceram, outros tiveram de lutar contra opositores e outros ainda voltaram sua ambição para outros lugares.

Quem não venceu foi Giovanni Aucut[2], de quem, por não ter vencido, não se poderia conhecer sua fidelidade, mas todos estarão concordes que, se tivesse vencido, os florentinos o mantivessem à sua mercê.

Sforza sempre teve as tropas de Braccio contra si, e ambos se vigiavam mutuamente.

---

(2) Trata-se do inglês John Hawkwood que levou suas tropas para a Itália em 1360. Foi capitão dos florentinos, entre 1390 e 1392, na primeira fase da guerra contra o Ducado de Milão, mas que se concluiu com uma trégua.

Francisco voltou sua ambição para a Lombardia, Braccio contra a Igreja e o reino de Nápoles[3].

Mas vejamos o que ocorreu há pouco tempo. Os florentinos convidaram Paulo Vitelli como seu capitão, homem de muita prudência e que, de cidadão privado, havia alcançado enorme reputação. Se ele conquistasse Pisa, não haveria quem negasse convir aos florentinos conservá-lo a seu lado, mesmo porque, se ele se tornasse soldado de seus inimigos, não teriam remédio; e, se os florentinos o mantivessem a seu lado, deviam obedecer-lhe.

Os venezianos, se forem considerados seus progressos, poder-se-á ver como operaram com segurança e gloriosamente, enquanto eles mesmos fizeram a guerra – o que aconteceu antes de se voltarem com suas campanhas de conquista para a terra firme – quando, com o apoio dos fidalgos e com a plebe armada, operaram com extrema galhardia. Mas quando começaram a combater em terra, abandonaram essa prudência e seguiram os costumes de guerra da Itália.

No início de sua expansão em terra, por não possuírem muito território e por usufruírem de grande reputação, não precisavam temer muito seus capitães.

Mas quando ampliaram seus domínios, o que ocorreu sob Carmagnola[4], tiveram a prova desse erro, porque, tendo visto seu grande valor quando sob seu comando bateram o duque de Milão e percebendo, de outra parte, quanto ele esfriara ao conduzir a guerra, julgaram que com ele não poderiam mais vencer, em vista de sua má vontade. Não podendo licenciá-lo para não perder aquilo que haviam conquistado, para se garantirem, viram-se na contingência de matá-lo.

---

(3) Muzio Attendolo da Cotignola, apelidado Sforza (1369-1424), foi um dos maiores comandantes de tropas mercenárias da Itália. A serviço da rainha Joana de Nápoles, em 1420, passou de repente a apoiar um pretendente ao trono, Luís III. Derrotado, teve de reconciliar-se com a rainha que, entrementes, havia indicado como herdeiro, Alfonso de Aragão. Desgastado com o episódio, decidiu dirigir-se para o norte da Itália e seu filho, Francesco Sforza, haveria de conquistar o Ducado de Milão. Andrea Fortebracci, chamado Braccio da Montone (1368-1424), foi outro grande comandante de tropas mercenárias. Braccio foi contratado a soldo pela rainha Joana de Nápoles, depois da traição de Sforza, e foi fiel à rainha, mas depois passou a perseguir seus próprios interesses, apoderando-se de Perugia, cidade sob o domínio da Igreja, e tentou conquistar L'Aquila, mas foi vencido e morto pelas tropas dos Sforza. A rivalidade entre as duas tropas mercenárias continuou com os sucessores desses dois grandes comandantes, substituídos por Niccolò Piccinino de uma parte e por Francesco Sforza, de outra.
(4) Francesco Bussone, apelidado de Carmagnola (1380-1432), depois de longos serviços prestados a Filippo Maria Visconti, Duque de Milão, foi contratado a soldo pela República de Veneza. Comandando os exércitos venezianos, derrotou seu antigo patrão, o Duque de Milão, em 1427. Em 1431-32 não conseguiu conquistar Lodi e Cremona, feudos próximos de Milão. O governo veneziano, suspeitando dele, mandou capturá-lo, processá-lo e decapitá-lo.

Tiveram depois por seus capitães Bartolomeu de Bérgamo, Roberto de San Severino, o Conde de Pitigliano e outros parecidos, com os quais deviam temer as derrotas e não suas conquistas, como ocorreu depois em Vailate[5], onde, num só dia, perderam tudo aquilo que, em oitocentos anos, com tanta fadiga, tinham conquistado. Na realidade, dessas tropas resultam apenas lentas, tardias e fracas conquistas, mas rápidas e miraculosas perdas.

E como apresentei estes exemplos da Itália que tem sido por muitos anos dominada por tropas mercenárias, quero analisar essas tropas desde o começo, a fim de que, vendo a origem e o desenvolvimento dessas, se possa melhor corrigir o erro de seu emprego.

Deveis, portanto, compreender como, logo que nesses últimos tempos o império começou a ser repelido da Itália e que o Papa conquistou maior reputação no poder temporal, a Itália se dividiu em vários Estados, porque muitas das maiores cidades tomaram das armas contra seus nobres, os quais, antes favorecidos pelo imperador, mantinham-nas oprimidas, e a Igreja, para obter reputação em seu poder temporal, as favorecia; de muitas outras, seus cidadãos se tornaram príncipes.

Disso decorre que, tendo a Itália chegado quase toda a cair nas mãos da Igreja e de algumas repúblicas, uns sendo homens de Igreja e outros, cidadãos não habituados ao uso das armas, uns e outros começaram a contratar a soldo estrangeiros.

O primeiro que deu fama a essa milícia foi Alberico de Conio, natural da Romanha, sendo que de sua escola de armas vieram, entre outros, Braccio e Sforza, que, em sua época, ditavam lei na Itália.

Depois destes vieram todos os outros que até nossos tempos têm chefiado essas tropas e o fim de seu valor. Em consequência disso, a Itália viu-se percorrida por Carlos, saqueada por Luís, violentada por Fernando e desonrada pelos suíços[6].

O método que seguiram foi inicialmente, para dar reputação a si próprios, tirar a reputação da infantaria. Fizeram isso porque, não tendo eles Estado e vivendo da indústria das armas, poucos infantes não lhes

---

(5) Batalha de Vailate, chamada também de Agnadello, do nome de duas pequenas cidades da atual Província de Cremona, nas proximidades de Milão. Essa batalha contra Veneza foi vencida pelas tropas da Liga Santa (Estados Pontifícios, Império Germânico, França e Espanha), no dia 14 de maio de 1509, e um dos comandantes responsáveis pelo desastre era o Conde de Pitigliano.
(6) Refere-se à invasão de Carlos VIII (1494-95), à invasão de Luís XII (1499), dos espanhóis (1501) e dos suíços (1512).

dariam fama e, sendo muitos, não poderiam alimentá-los. Por isso, limitaram-se à cavalaria na qual, com número suportável, as tropas podiam ser nutridas e eles honrados. Por fim, a situação chegou a tal ponto que, num exército de vinte mil soldados, não se encontravam dois mil infantes.

Tinham, além disso, usado todos os meios para afastar de si e de seus soldados o medo e o cansaço, não se matando nos combates, fazendo-se prisioneiros uns aos outros e libertando-se depois sem qualquer resgate. Não atacavam as cidades muradas durante a noite e os das cidades não atacavam os acampamentos. Não faziam paliçadas nem fossos em torno do acampamento, nem saíam a campo no inverno.

E todas essas coisas eram permitidas em seus regulamentos militares, por eles encontradas para fugir, como foi dito, à fadiga e aos perigos. Foi por isso que reduziram a Itália à escravidão é à desonra.

Capítulo XIII

DOS SOLDADOS AUXILIARES, MISTOS E PRÓPRIOS
(DE MILITIBUS AUXILIARIIS, MIXTIS ET PROPRIIS)

As tropas auxiliares, que são outras tropas inúteis, são aquelas que se apresentam quando se costuma chamar um poderoso para que, com seus exércitos, venha te defender, como fez em tempos recentes o Papa Júlio que, tendo visto na campanha de Ferrara a triste figura de suas tropas mercenárias, voltou-se para as auxiliares e entrou em acordo com Fernando, rei da Espanha, para que este, com sua gente e exércitos viesse ajudá-lo.

Essas tropas auxiliares podem ser úteis e boas para si mesmas, mas, para quem as chama, são quase sempre danosas, porque, perdendo, ficas liquidado e, vencendo, ficas seu prisioneiro.

E, ainda que desses exemplos estejam cheias as antigas histórias, não quero abandonar o exemplo recente de Júlio II, cuja decisão de entregar-se inteiramente nas mãos de um estrangeiro, por querer Ferrara, não podia ter sido mais insensata.

Mas sua sorte fez surgir uma terceira circunstância, para que não viesse ele a colher o fruto de sua má decisão, porque, sendo seus auxiliares derrotados em Ravenna e levantando-se em armas os suíços que, contra a expectativa de Júlio e de outros, expulsaram os vencedores, aconteceu que o Papa não se tornou prisioneiro dos vencedores, que fugiram, nem de suas tropas auxiliares, por ter vencido com outras tropas que não as delas.

Os florentinos, estando totalmente desarmados, levaram dez mil franceses a Pisa para expugná-la. Com essa decisão correram mais perigo que em qualquer outro tempo de suas próprias fadigas.

O imperador de Constantinopla, para opor-se a seus vizinhos, fez entrar na Grécia dez mil turcos que, terminada a guerra, não quiseram abandonar o país, o que constituiu o início da sujeição da Grécia aos infiéis[1].

Aquele, portanto, que quiser não poder vencer, que se valha dessas tropas, porque são muito mais perigosas que as mercenárias.

Porque com as tropas auxiliares, o acordo em teu detrimento é estabelecido desde o início, elas são todas unidas, todas voltadas à obediência de outros. Quanto às mercenárias, para te prejudicarem após a vitória, precisam de maior oportunidade e mais tempo, não só por não constituírem um todo, como também por terem sido organizadas e pagas por ti. E mais, um terceiro, a quem conferes o comando, não pode de imediato assumir tanta autoridade que te cause dano.

Em resumo, enquanto nas tropas mercenárias o mais perigoso é a covardia, nas auxiliares é o valor.

Um príncipe prudente, portanto, sempre tem fugido a essas tropas para voltar-se às suas próprias, preferindo perder com as suas a vencer com aquelas e julgando não representar verdadeira vitória aquela que fosse conquistada com as tropas alheias.

Jamais hei de vacilar em citar como exemplo Cesare Bórgia e suas ações. Esse duque entrou na Romanha com tropas auxiliares, compostas totalmente de soldados franceses, e com elas tomou Ímola e Forlì. Mas, depois, não lhe parecendo seguras essas tropas, voltou-se para as mercenárias, julgando encontrar nelas menor perigo, e contratou a soldo os Orsini e os Vitelli. Mais tarde, ao pô-las à prova, achando-as dúbias, infiéis e perigosas, extinguiu-as e voltou-se para as suas próprias.

---

(1) João VI (1347-1355) chamou os turcos em sua guerra contra o pretendente ao trono, João Paleólogo. Em 1353, o emir da Bitínia mandou a João VI dez mil cavaleiros, comandados por seu filho Soliman. Quando a guerra terminou, os turcos receberam a posse de Galípoli, na costa europeia do estreito de Dardanelos.

Pode-se ver facilmente a diferença que existe entre uma e outra dessas tropas, se for considerada a diferença de reputação do duque, entre quando tinha somente franceses, quando tinha os Orsíni e Vitelli e quando ficou com seus soldados, não dependendo de outros senão de si mesmo. E foi crescendo sempre e nunca foi suficientemente estimado, senão quando todos viram que ele era o senhor absoluto de suas tropas.

Eu não queria me afastar dos exemplos italianos e mais recentes. Não quero, contudo, esquecer Hierão de Siracusa, um dos anteriormente mencionados por mim.

Este, como já disse, tornado pelos siracusanos comandante dos exércitos, logo percebeu que aquela milícia mercenária não era útil, porque seus capitães eram idênticos a nossos italianos. E parecendo-lhe não podia conservá-los nem dispensá-los, mandou cortar em pedaços todos os mercenários, passando depois a mover guerra com suas tropas e não com as de outros.

Quero trazer ainda à lembrança uma narrativa do Antigo Testamento, feita a esse propósito.

Oferecendo-se Davi a Saul para lutar com Golias, desafiador filisteu, Saul, para encorajá-lo, revestiu-o de sua própria armadura, a qual, uma vez envergada por Davi, foi por ele recusada, dizendo que com ela não poderia se valer bem de si mesmo, preferindo enfrentar o inimigo apenas com sua funda e sua faca.

Enfim, as armas de outrem te caem de cima ou te pesam ou te apertam.

Carlos VII, pai de Luís XI, com sua sorte e sua virtude tendo libertado a França dos ingleses, conheceu essa necessidade de armar-se com forças próprias e organizou em seu reino a milícia da cavalaria e aquela da infantaria.

Mais tarde, o rei Luís, seu filho, extinguiu a infantaria e começou a contratar a soldo os suíços, erro que, seguido de outros, tornou-se, como se vê agora pelos fatos, a causa dos perigos daquele reino.

Porque, ao dar reputação aos suíços, Luís aviltou todas as suas tropas, uma vez que extinguiu a infantaria e subordinou sua cavalaria às milícias de outros. E esta, estando acostumada a militar com os suíços, parecia-lhe não poder vencer sem eles.

Disso decorre que os franceses contra os suíços não conseguem vencer e, sem os suíços, não arriscam combater contra os outros.

Os exércitos da França têm sido, portanto, mistos, parte de

mercenários e parte de soldados próprios. Essas tropas, todas juntas, são muitos melhores que as simples auxiliares ou as meramente mercenárias e muito inferiores às tropas próprias.

Basta o exemplo citado, porque o reino da França seria insuperável, se a organização militar de Carlos tivesse sido desenvolvida ou preservada. Mas a pouca prudência dos homens muitas vezes começa uma coisa que lhe parece boa, sem perceber o veneno que ela encobre, como disse acima, a respeito das febres éticas.

Aquele, portanto, que num principado não conhece os males desde que surgem não é verdadeiramente sábio; e isto é dado a poucos.

E se for considerada a causa mais importante da ruína do Império Romano, poder-se-á verificar que foi somente começar a contratar a soldo os godos, porque foi a partir de então que as forças do império começaram a enfraquecer-se e todo aquele valor que se tirava dele era atribuído a eles.

Concluo, portanto que, sem ter tropas próprias, nenhum principado está seguro. Pelo contrário, fica totalmente entregue à sorte, não tendo força que o defenda com fé na adversidade. Foi sempre opinião e sentença dos homens sábios, *quod nihil sit tam infirmum aut instabile, quam fama potentiae non sua vi nixa*[2].

As tropas próprias são aquelas que se constituem de súditos, de cidadãos ou de vassalos teus.

Todas as outras são mercenárias ou auxiliares. O modo de organizar as tropas próprias será fácil de encontrar, se forem examinadas as instituições militares dos quatro acima mencionados por mim, e se for considerado como Filipe, pai de Alexandre Magno, e como muitas repúblicas e principados se armaram e se organizaram; a essas organizações eu me reporto inteiramente.

---

(2) "Que nada é tão enfermo e instável como uma fama de poder que não é baseada nas próprias forças."

Capítulo XIV

O QUE COMPETE A UM PRÍNCIPE ACERCA DA MILÍCIA
(Quod principem deceat circa militiam)

Um príncipe deve, portanto, não ter outro objetivo nem outro pensamento, nem tomar qualquer outra coisa para fazer, senão a guerra e sua organização e disciplina, porque essa é a única arte que compete a quem comanda. E ela é de tamanha virtude que, não somente mantém aqueles que nasceram príncipes, como também muitas vezes faz os homens de condição privada galgarem esse posto.

Ao contrário, pode-se ver que, quando os príncipes pensam mais nas delicadezas do que nas armas, já perderam seu Estado. A primeira causa que te leva a perdê-lo é negligenciar essa arte e a razão que te permite conquistá-lo é ser profundo conhecedor dela.

Francesco Sforza, por estar armado, de cidadão privado tornou-se duque de Milão. Seus filhos, para fugir aos incômodos das armas, de duques passaram a cidadãos privados[1].

---

(1) Na verdade, o filho de Francesco, Galeazzo Maria Sforza, sucedeu ao pai no governo de Milão, sendo depois Galeazzo sucedido pelo filho, Gian Galeazzo Sforza e, depois, por Ercole Massimiliano Sforza, filho de Ludovico que era irmão de Galeazzo Maria Sforza. Maquiavel exagera um pouco. De fato, Francesco Sforza tivera três filhos: Galeazzo Maria que lhe sucedeu e foi assassinado por rebeldes em 1476; Ludovico que foi o único a preferir viver como cidadão privado; e Ascanio, nomeado Cardeal da Igreja e que preferiu dedicar-se a suas funções eclesiásticas a se imiscuir na política.

Na realidade, entre as muitas causas que te acarretam males, estar desarmado te torna desprezível, o que constitui uma daquelas infâmias de que o príncipe se deve guardar, como abaixo será exposto.

Sem dúvida, entre um príncipe armado e um desarmado, não existe proporção alguma, e não é razoável que quem esteja armado obedeça de boa vontade ao que está desarmado, nem que o desarmado se sinta seguro entre servidores armados, porque existindo desdém da parte de um e suspeita por parte de outro, não é possível que, estando juntos, ajam bem.

E mais, um príncipe que não entende de tropas, além das outras desventuras, como foi dito, não pode ser estimado por seus soldados nem pode confiar neles.

O príncipe não deve jamais, portanto, desviar seu pensamento do exercício da guerra e, na paz, deve exercitar-se nela mais do que em tempo de guerra, o que pode fazer de duas maneiras: uma com a ação; a outra, com a mente.

Quanto à ação, além de manter bem organizadas e exercitadas suas tropas, deve ir sempre a caçadas. Por meio delas, haverá de acostumar o corpo às fadigas e, entrementes, conhecer a natureza dos lugares e saber como surgem os montes, como se abrem os vales, como se estendem as planícies e observar a natureza dos rios e dos pântanos, pondo extrema atenção em tudo isso.

Todo esse conhecimento é útil por duas razões: primeiro, aprende-se a conhecer o próprio país e o príncipe pode melhor identificar as defesas que oferece. Depois, em decorrência do conhecimento e prática daqueles lugares, com facilidade poderá entender qualquer outro novo local que precise observar, porque as colinas, os vales, as planícies, os rios e os pântanos que existem, por exemplo, na Toscana, têm alguma semelhança com os das outras províncias, de modo que, do conhecimento do terreno de uma província, se pode passar facilmente ao conhecimento de outras.

Aquele príncipe que não tiver essa perícia está desprovido da primeira qualidade que deve ter um capitão, porque ela ensina a descobrir o inimigo, estabelecer os acampamentos, conduzir os exércitos, ordenar as jornadas, fazer incursões pelo território com vantagem sobre o inimigo.

Filopêmenes, príncipe dos aqueus, entre os louvores que lhe foram endereçados pelos escritores, mereceu também aquele de que, nos tempos de paz, não pensava em outra coisa senão a respeito da guerra. E quando caminhava pelos campos com os amigos, frequentemente, parava e debatia com eles:

"Se os inimigos estivessem sobre aquela colina e nós nos encontrássemos aqui com nosso exército, qual de nós teria vantagem? Como se poderia atacá-los, mantendo a formação da tropa? Se quiséssemos nos retirar, como deveríamos proceder? Se eles se retirassem, como faríamos para persegui-los?"

E, caminhando, submetia-lhes todos os casos que podem acontecer num exército. Ouvia a opinião deles, dava a sua, confirmando-a com argumentos, de tal modo que, em razão dessas contínuas reflexões, jamais poderia, comandando os exércitos, encontrar pela frente qualquer imprevisto para o qual não tivesse solução.

Mas quanto ao exercício da mente, o príncipe deve ler as histórias e nelas observar as ações dos grandes homens, ver como se conduziram nas guerras, examinar as causas de suas vitórias e derrotas, para poder fugir destas e imitar aquelas. E, sobretudo, deve fazer como, em tempos remotos, fizeram alguns grandes homens que imitaram todo aquele que, antes deles, foi louvado e glorificado, e sempre tiveram presente seus gestos e suas ações, como se diz que Alexandre Magno imitava a Aquiles, César a Alexandre, Cipião a Ciro.

Quem lê a vida de Ciro escrita por Xenofonte percebe, depois, na vida de Cipião, o quanto lhe valeu para glória aquela imitação e quanto, na castidade, afabilidade, humanidade e liberalidade, Cipião se assemelhava com aquelas coisas que Xenofonte escreveu sobre Ciro.

Um príncipe inteligente deve observar esses modos de proceder e nunca ficar inerte nos tempos de paz, mas, com habilidade, procurar entesourar esses exemplos para poder utilizá-los na adversidade, a fim de que, quando a sorte mudar, se encontre preparado para resistir.

Capítulo XV

Daquelas coisas pelas quais os homens, e especialmente os príncipes, são Louvados ou censurados
(De his rebus quibus homines, et praesertim principes, laudantur aut vituperantur)

Resta ver agora quais devam ser os modos e a conduta de um príncipe para com os súditos ou para com os amigos.

E porque sei que muitos já escreveram a respeito, duvido não ser considerado presunçoso, escrevendo também eu sobre o mesmo assunto, sobretudo porque me afasto, ao disputar essa matéria, dos métodos dos outros.

Mas, sendo minha intenção escrever algo de útil para quem possa se interessar por isso, pareceu-me mais conveniente ir em busca da verdade concreta da coisa e não da imaginação dessa.

E muitos imaginaram repúblicas e principados que jamais vistos ou conhecidos como realidade concreta.

Porque há tanta diferença de como se vive e de como se deveria viver que, aquele que abandona o que se faz por aquilo que se deveria fazer, aprende antes o caminho de sua ruína do que o de sua preservação, porquanto um homem que queira em todas as suas palavras fazer profissão de bondade, haverá de se perder em meio a tantos que não são bons.

Por isso é necessário, a um príncipe que queira se manter, aprender a poder não ser bom e usá-lo ou não, segundo a necessidade.

Deixando de lado, portanto, as coisas imaginadas a respeito de um príncipe e falando daquelas que são verdadeiras, digo que, quando delas se fala, todos os homens e, sobretudo os príncipes, por estarem em posição mais elevada, se fazem notar por algumas desses atributos que lhes acarretam censura ou louvor. Isto significa dizer que alguns são tidos como liberais, alguns miseráveis – usando um termo toscano, porque "avaro" em nossa língua é ainda aquele que deseja possuir por rapina, enquanto miserável chamamos aquele que se abstém em excesso de usar o que possui –, alguns são tidos como pródigos, alguns rapaces, alguns cruéis, alguns piedosos.

Ainda, um é tido como traiçoeiro, o outro como fiel; um efeminado e pusilânime, o outro, feroz e intrépido; um humano, o outro, soberbo; um lascivo, o outro, casto; um leal, o outro, astuto; um severo, o outro, fácil; um sensato, o outro, leviano; um religioso, o outro, incrédulo, e assim por diante. Sei que cada um haverá de admitir que seria sumamente louvável que se encontrasse num príncipe, de todos os atributos acima referidos, apenas aqueles que são considerados bons. Mas, uma vez que não podem possuir todos eles nem observá-los inteiramente, pelas contingências humanas que não os permitem, é necessário que o príncipe seja tão prudente que saiba fugir à infâmia dos vícios que lhe tirariam o Estado e, daqueles que não o tirariam dele, evitá-los, se lhe for possível. Mas se não puder, com menor escrúpulo pode deixar correr.

E ainda, não evite o príncipe de incorrer na infâmia daqueles vícios que, sem eles, dificilmente poderia salvar o Estado, porque, se tudo for considerado bem, sempre se encontrará alguma coisa que poderia parecer virtude, mas ao segui-la acarretaria sua própria ruína, e alguma outra que poderia parecer vício e, ao segui-la, lhe proporcionaria a segurança e seu bem-estar.

Capítulo XVI
DA LIBERALIDADE E DA PARCIMÔNIA
(DE LIBERALITATE ET PARSIMONIA)

Reportando-me, pois, às primeiras das qualidades referidas acima, afirmo como seria bom ser considerado liberal.

A liberalidade, no entanto, usada de modo que fosses considerado como tal, prejudica-te, porque, se usada nobremente e como deve ser usada, não se torna conhecida e não cairá sobre ti a má fama de seu oposto. Querendo, contudo, manter entre os homens a fama de liberal, é preciso não esquecer nenhuma espécie de suntuosidade, de tal modo que um príncipe, sempre que assim proceder, haverá de consumir em semelhantes coisas todas as suas riquezas pessoais.

No fim, terá necessidade, se quiser manter o conceito de liberal, de onerar extraordinariamente o povo com impostos, ser duro no fisco e fazer tudo aquilo que se possa fazer para obter dinheiro. Isso começará a torná-lo odioso perante os súditos ou pouco estimado de todos aqueles que se tornaram pobres.

De modo que, tendo ofendido a muitos e premiado a poucos com essa sua liberalidade, expõe-se aos efeitos da primeira desordem e periclita diante do primeiro perigo, qualquer que seja ele. Percebendo isso e querendo recuar, incorre imediatamente na má fama de miserável.

Um príncipe, portanto, não podendo usar essa qualidade de liberal sem sofrer dano, tornando-a conhecida, deve, se for prudente, não se preocupar com a fama de miserável, porque, com o decorrer do tempo, será considerado sempre mais liberal, ao verem que com sua parcimônia a receita lhe basta, pode defender-se de quem lhe move guerra e pode realizar empreendimentos sem onerar o povo.

Agindo desse modo, passa a usar liberalidade para com todos aqueles dos quais nada tira, que são muito numerosos, e a usar de miserabilidade para com todos aqueles a quem não dá, que são poucos. Em nossos tempos, não vimos grandes realizações senão por parte daqueles que são tidos como miseráveis, enquanto vimos os outros serem aniquilados.

O Papa Júlio II, como utilizou a fama de liberal para alcançar o papado, não pensou depois em conservá-la, para poder fazer guerra[1].

O atual rei da França fez tantas guerras sem cobrar um tributo excessivo de seus súditos, somente porque sobrepôs sua grande parcimônia às despesas supérfluas.

O atual rei da Espanha, se fosse considerado liberal, não teria realizado nem vencido tantas campanhas.

Um príncipe deve, portanto, importar-se pouco – para não precisar roubar seus súditos, para poder defender-se, para não ficar pobre e desprezível, para não ser forçado a tornar-se rapace – em incorrer na fama de miserável, porque este é um daqueles defeitos que o fazem reinar.

---

(1) O Cardeal Giuliano Della Rovere, para conseguir o papado, distribuiu grandes somas de dinheiro, mas sobretudo prometeu benefícios e cargos. Foi eleito e tomou o nome de Júlio II. O historiador Guicciardini escreve a respeito da eleição desse Papa: "...Elegeram-no as promessas imoderadas e infinitas feitas por ele a Cardeais, a príncipes, a barões e a todos aqueles que pudessem ser-lhe úteis... Além disso, tinha a faculdade de distribuir dinheiro e muitos benefícios e cargos eclesiásticos" (Storia d'Italia, VI, 5).

E se alguém dissesse que César alcançou o Império pela liberalidade, sem contar muitos outros que têm sido ou são considerados liberais e atingiram altíssimos postos, eu responderia: ou tu já és príncipe ou estás em vias de conquistar um principado.

No primeiro caso, essa liberalidade é prejudicial. No segundo, é bem necessário ser e ser considerado liberal. E César era um daqueles que queriam ascender ao principado de Roma, mas se, depois que o alcançou, tivesse vivido e não tivesse usado comedimento nas despesas, teria destruído o Império.

E se alguém replicasse que houve muitos príncipes, tidos como extremamente liberais, e que realizaram grandes feitos com seus exércitos, responderia: ou o príncipe gasta do seu e do de seus súditos ou daquele dos outros.

No primeiro caso, deve ser parcimonioso. No segundo, não deve deixar de praticar nenhuma liberalidade.

E aquele príncipe que vai com os exércitos, que se mantém de rapinagem, de saques e de resgates, maneja o que é dos outros e essa liberalidade lhe é necessária, caso contrário, não seria seguido pelos soldados.

E daquilo que não é teu nem de teus súditos, podes ser o mais generoso doador, como o foram Ciro, César e Alexandre, porque gastar aquilo que é dos outros não tira tua reputação, ao contrário, a aumenta. Somente gastar do teu é que te prejudica.

E não há coisa que tanto se destrua a si mesma como a liberalidade, pois, enquanto tu a usas, perdes a faculdade de usá-la, tornando-te pobre e desprezível ou, para fugir da pobreza, rapace e odioso.

Entre todas as coisas que um príncipe deve evitar está o ser desprezível e odiado. E a liberalidade te conduz a uma e a outra dessas coisas.

É mais sabedoria, portanto, ter fama de miserável, que dá origem a uma infâmia sem ódio, do que, por querer a fama de liberal, ver-se na necessidade de incorrer na fama de rapace que cria uma infâmia com ódio.

Capítulo XVII

DA CRUELDADE E DA PIEDADE; SE É MELHOR SER AMADO QUE TEMIDO OU ANTES TEMIDO QUE AMADO
(DE CRUDELITATE ET PIETATE; ET AN SIT MELIUS AMARI QUAM TIMERI, VEL E CONTRA)

Reportando-me às outras qualidades já indicadas, digo que todo príncipe deve desejar ser considerado piedoso e não, cruel. Deve ter, entretanto, o cuidado de não usar mal essa piedade.

Cesare Borgia era considerado cruel. Não obstante, essa sua crueldade tinha recuperado a Romanha, conseguindo uni-la e deixá-la em paz e fiel.

O que, se for bem considerado, mostrará que ele foi muito mais piedoso que o povo florentino que, para fugir da fama de cruel, deixou que Pistoia fosse destruída.

Um príncipe não deve, portanto, importar-se com a má fama de cruel, para poder manter seus súditos unidos e fiéis, porque, com pouquíssimos julgamentos exemplares, ele será mais piedoso do que aqueles que, por excessiva piedade, deixam acontecer desordens, das quais podem decorrer assassinatos ou rapinas, porquanto estas costumam prejudicar uma comunidade inteira e aquelas execuções que emanam do príncipe atingem apenas um indivíduo.

E, dentre todos os príncipes, é ao príncipe novo que se torna impossível fugir da fama de cruel, visto que os Estados novos estão cheios de perigos.

Virgílio diz, pela boca de Dido: *Res dura et regni novitas me talia cogunt moliri et late fines custode tueri*[1].

O príncipe, no entanto, deve ser cauto no crer e no agir, não se atemorizar por si mesmo e proceder de modo equilibrado, com prudência e humanidade, para que a excessiva confiança não o torne incauto e a demasiada desconfiança o torne intolerável.

Disso surge uma questão: se é melhor ser amado que temido ou o contrário.

A resposta é de que seria necessário ser uma coisa e outra, mas, como é difícil reuni-las, é muito mais seguro ser temido do que amado, quando se deve renunciar a uma das duas.

Porque dos homens pode-se geralmente dizer que são ingratos, volúveis, simuladores e dissimuladores, temerosos dos perigos, ambiciosos por ganhos.

E enquanto os tratares bem, são todos teus, oferecem-te o próprio sangue, os bens, a vida e os filhos, desde que, como se disse acima, a necessidade esteja distante de ti.

Quando, porém, esta se avizinha, revoltam-se e aquele príncipe, que confiou inteiramente em suas palavras, encontrando-se desprovido de outros meios de defesa, está perdido.

As amizades que se conquistam com dinheiro, e não com grandeza e nobreza de alma, são compradas mas com elas não se pode contar e, no momento de que mais se precisa, não é possível utilizá-las. E os homens têm menos escrúpulo em ofender alguém que se faça amar do que alguém que se faça temer, porque a amizade é mantida por um vínculo de reconhecimento que, por serem os homens maus, é quebrado em cada oportunidade que venha em benefício próprio, mas o temor é mantido pelo medo do castigo que nunca te abandona.

Entretanto, o príncipe deve fazer-se temer, de modo que, se não conquistar o amor, fuja do ódio, porque podem muito bem coexistir o ser temido e não odiado.

---

(1) "As condições difíceis e o domínio recente me obrigam a manter essas decisões e vigiar os limites em toda a sua extensão" (Eneida, I, 563-4).

Isso poderá conseguir sempre, desde que se abstenha de tomar os bens e as mulheres de seus cidadãos e de seus súditos. E quando tivesse necessidade de derramar o sangue de alguém, que o faça sempre que existir conveniente justificativa e causa manifesta.

Mas deve sobretudo abster-se dos bens dos outros, porque os homens esquecem mais rapidamente a morte do pai do que a perda do patrimônio. Além disso, os motivos para tomar os bens dos outros nunca faltam e aquele que começa a viver de rapina sempre encontra motivo para confiscar os bens alheios, ao passo que as razões para o derramamento de sangue são mais raras e se esgotam mais depressa.

Mas quando o príncipe está à frente de seus exércitos e tem sob seu comando uma multidão de soldados, então é de todo necessário não se importar com a fama de cruel, porque, sem esta fama, jamais se poderá conservar exército unido nem disposto a alguma operação militar.

Entre as admiráveis ações de Aníbal[2], conta-se esta. Tendo um exército imenso, composto de homens de inúmeras raças, levado a guerrear em terra estrangeira, nunca surgiu qualquer discórdia entre eles nem contra o príncipe, tanto na má como na boa sorte.

Isso não pôde decorrer de outra coisa, senão daquela sua desumana crueldade que, aliada a suas infinitas virtudes, tornou-o sempre, no conceito de seus soldados, venerado e terrível.

Sem aquela crueldade, as outras virtudes não lhe teriam bastado para surtir esse efeito. E, no entanto, os escritores nisto pouco ponderados, admiram, de um lado, essa sua atuação e, de outro, condenam a principal causa da mesma.

Para prova de que, realmente, as outras suas virtudes não teriam bastado, pode-se considerar o caso de Cipião, homem dos mais notáveis não somente em seus tempos, mas também em toda a memória dos fatos conhecidos, cujos exércitos se revoltaram na Espanha, fato que ocorreu exclusivamente por sua excessiva piedade, porquanto havia concedido a seus soldados mais liberdades do que convinha à disciplina militar.

Esse fato foi recriminado por Fábio Máximo no Senado e chamou Cipião de corruptor da milícia romana.

---

(2) O mais famoso comandante cartaginês. Moveu guerra contra os romanos de 221 a 202. Depois de ter conduzido seus exércitos até as portas de Roma, finalmente foi derrotado. Exilado, suicidou-se no ano 183 a.C.

Os habitantes de Locri, tendo sido depredados por um legado de Cipião, não foram vingados, nem por ele foi punida a insolência daquele legado, tudo isso decorrendo de sua natureza indulgente, tanto assim que, querendo alguém desculpá-lo perante o Senado, disse que havia muitos homens que melhor sabiam não errar do que corrigir os erros.

Essa sua natureza teria com o tempo desonrado a fama e a glória de Cipião, se tivesse continuado mais tempo no comando, mas, vivendo sob o governo do Senado, essa sua danosa qualidade não só desapareceu, como lhe resultou em glória.

Concluo, portanto, voltando à questão de ser temido e amado, que um príncipe sábio, amando os homens como lhes é de agrado e sendo por eles temido como deseja, deve apoiar-se naquilo que é seu e não naquilo que é dos outros. Deve apenas empenhar-se em fugir do ódio, como foi dito.

Capítulo XVIII

DE QUE MODO OS PRÍNCIPES DEVEM MANTER A PALAVRA DADA
(QUOMODO FIDES A PRINCIPIBUS SIT SERVANDA)

Quanto seja louvável num príncipe manter a palavra dada e viver com integridade e não com astúcia, todos compreendem. Pode-se ver, contudo, por experiência, em nossa época, alguns príncipes que realizaram grandes coisas e que não tiveram em grande conta a palavra dada, sabendo pela astúcia enganar os cérebros dos homens. No fim, conseguiram superar aqueles que se basearam na sinceridade. Deveis saber, então, que existem duas maneiras de combater: uma com as leis, a outra, com a força. A primeira é própria do homem, a segunda, dos animais. Mas como o primeiro modo muitas vezes não é suficiente, convém recorrer ao segundo. Para um príncipe, portanto, torna-se necessário saber empregar bem o animal e o homem. Esta matéria, aliás, foi ensinada aos príncipes veladamente pelos antigos escritores, os quais descrevem como Aquiles e muitos outros príncipes antigos foram confiados ao centauro Quiron para serem criados e sob cuja disciplina foram educados.

Isso não quer dizer outra coisa do que ter por preceptor um ser meio animal e meio homem[1], mas que um príncipe precisa saber usar uma e outra dessas naturezas. E uma sem a outra não é duradoura.

Necessitando, portanto, um príncipe saber usar bem o animal, desse deve tomar como modelos a raposa e o leão, porque o leão não sabe se defender das armadilhas e a raposa não tem defesa contra os lobos. É preciso, portanto, ser raposa para conhecer as armadilhas e leão para aterrorizar os lobos. Aqueles que usam apenas os modos do leão, nada entendem dessa arte.

Um senhor prudente, portanto, não pode nem deve manter sua palavra, quando isso se torna prejudicial e quando desapareceram as causas que o levaram a empenhá-la.

Se todos os homens fossem bons, esse preceito não seria bom. Mas porque são maus e porque não manteriam a palavra contigo, tu também não deves mantê-la em relação a eles. Jamais faltaram a um príncipe razões legítimas para colorir a violação da palavra dada.

Disto se poderia dar inúmeros exemplos modernos e mostrar quantas pazes e quantas promessas foram tornadas nulas e vãs pela infidelidade dos príncipes. E aquele que soube usar melhor a raposa, teve melhor êxito.

Mas é necessário saber disfarçar bem essa qualidade e ser grande simulador e dissimulador. E tão estultos são os homens e cedem de tal modo às necessidades presentes, que aquele que engana sempre haverá de encontrar quem se deixe enganar.

Dentre os exemplos recentes, não quero deixar de apontar um deles. Alexandre VI jamais fez outra coisa, nunca pensou em outra coisa senão enganar os homens, encontrando sempre oportunidade para poder fazê-lo. Nunca existiu homem que tivesse maior eficácia em asseverar, que com mais juramentos afirmasse uma coisa e que, depois, menos a respeitasse. Não obstante, os enganos sempre resultavam da maneira desejada, porque conhecia bem esse lado do mundo.

A um príncipe, portanto, não é necessário ter de fato todas as qualidades acima mencionadas, mas é bem necessário parecer tê-las.

---

(1) Os centauros eram seres mitológicos, homens da bacia para cima e cavalos na parte inferior do corpo. Quiron, filho de Filira e do deus Cronos [que manteve relações com ela após assumir a forma de cavalo], era um centauro sábio e era sobretudo profundo conhecedor de medicina.

Melhor, ousaria dizer isto: que, possuindo-as e praticando-as sempre, elas são danosas, e que, aparentando possuí-las, são úteis. Como, por exemplo, parecer piedoso, fiel, humano, íntegro, religioso, e sê-lo realmente, mas estar com o espírito predisposto de modo que, precisando não sê-lo, possas e saibas tornar-te o contrário.

Deve-se compreender que um príncipe, e sobretudo um príncipe novo, não pode praticar todas aquelas coisas pelas quais os homens são considerados bons, uma vez que, frequentemente, é obrigado, para manter o Estado, a agir contra a fé, contra a caridade, contra a humanidade, contra a religião.

Entretanto, é preciso que ele tenha um espírito disposto a voltar-se segundo os ventos da sorte e a variação dos fatos o determinem e, como disse acima, não se afastou do bem, podendo, porém saber entrar no mal, se necessário.

Um príncipe, portanto, deve ter muito cuidado em não deixar escapar de sua boca nada que não esteja repleto das cinco qualidades acima mencionadas, para parecer, ao vê-lo e ouvi-lo, todo piedade, todo fé, todo integridade, todo humanidade, todo religião. E não há nada que seja mais necessário aparentar ter do que esta última qualidade.

Os homens em geral julgam mais pelos olhos do que pelas mãos, porque a todos é concedido ver, mas a poucos é dado perceber. Todos vêem o que tu aparentas ser, poucos percebem aquilo que tu és. E esses poucos não se atrevem a contrariar a opinião dos muitos que, aliás, estão protegidos pela majestade do Estado. E, nas ações de todos os homens, e sobretudo dos príncipes, onde não existe tribunal a que recorrer, o que importa é o seu resultado.

Procura, pois, fazer com que um príncipe vença e mantenha o Estado. Os meios serão sempre julgados honrosos e louvados por todos, porque a massa do povo sempre se deixa levar pelas aparências e pelos resultados e, no mundo, não existe senão a massa do povo. Os poucos não podem existir, quando os muitos têm onde se apoiar.

Um príncipe dos tempos atuais, que não convém citar, não prega outra coisa senão paz e fé, mas de uma e outra é ferrenho inimigo. Uma e outra, se as tivesse praticado, ter-lhe-iam tirado, por mais de uma vez, a reputação e o Estado.

Capítulo XIX

DE QUE MODO SE DEVE EVITAR SER DESPREZADO E ODIADO
(DE CONTEMPTU ET ODIO FUGIENDO)

Como, ao fazer menção anteriormente acerca das qualidades, falei das mais importantes, pretendo discorrer sobre as outras, a partir desta regra geral: que o príncipe pense, como foi dito acima em parte, em fugir daquelas circunstâncias que possam torná-lo odioso e desprezível. Toda vez que tiver fugido disso, terá cumprido seu dever e não haverá de encontrar perigo algum nos outros defeitos.

Odioso sobretudo se torna, como já disse, ao ser rapace e usurpador dos bens e das mulheres dos súditos, do que se deve abster.

E, desde que não se tirem nem os bens nem a honra aos homens em geral, esses vivem felizes e se terá de combater somente a ambição de poucos que pode ser refreada por meio de muitas maneiras e com facilidade.

Desprezível se torna quando é considerado volúvel, leviano, efeminado, pusilânime, irresoluto, do que um príncipe deve guardar-se como de um escolho, empenhando-se para que em suas ações se reconheça grandeza, coragem, ponderação e fortaleza. No tocante às ações privadas dos súditos, deve querer que sua sentença seja irrevogável. Deve manter sua decisão, cuidando que ninguém possa pensar em enganá-lo ou enredá-lo.

O príncipe que transmitir essa opinião de si próprio conquista muita reputação e, contra quem é reputado, só com muita dificuldade se conspira, com dificuldade é atacado, desde que seja notório que é excelente e reverenciado pelos seus.

Na realidade, um príncipe deve ter dois temores: um de ordem interna, da parte de seus súditos; o outro, de natureza externa, da parte dos potentados estrangeiros.

Destes se defende com boas armas e bons amigos. E sempre que tiver boas armas, terá bons amigos.

A situação interna, desde que já não tenha sido perturbada por uma conspiração, estará segura sempre que estabilizada também a situação externa. Mesmo quando essa última se agite, se o príncipe for organizado e tiver vivido como eu já disse, desde que não desanime, haverá de resistir a qualquer choque, como ressaltei ter feito o espartano Nábis.

Mas a respeito dos súditos, quando a situação externa não se agita, deve-se temer que conspirem secretamente, contra o que o príncipe se assegura suficientemente evitando de ser odiado ou desprezado e mantendo o povo satisfeito com ele. Isso é necessário conseguir, como já se falou longamente neste texto.

Um dos mais poderosos remédios de que um príncipe pode dispor contra as conspirações é não ser odiado pela maioria, porque sempre, quem conjura, acredita satisfazer o povo com a morte do príncipe, mas quando acha que com isso vai ofendê-lo, não tem ânimo para tomar semelhante partido.

Porque as dificuldades com que os conspiradores têm de se defrontar são infinitas e, por experiência, observa-se que muitas foram as conspirações, mas poucas tiveram bom fim.

Na verdade, quem conspira não pode estar sozinho, nem pode procurar seus cúmplices senão entre aqueles que acredita estarem descontentes. E logo que tenhas revelado a um descontente tua intenção, lhe dás motivo para ficar contente porque, denunciando-te, ele pode esperar por isso todas as vantagens.

Desse modo, vendo o ganho seguro de um lado, mas do outro, vendo-o duvidoso e cheio de perigos, convém realmente que seja um amigo raro ou que seja totalmente obstinado inimigo do príncipe para mantenha o compromisso contigo.

Para reduzir o assunto a breves termos, digo que do lado do conspirador não existe senão medo, apreensão e suspeita de castigo que o atormenta, mas, do lado do príncipe existe a majestade do principado, as leis, as trincheiras dos amigos e do Estado que o defendem.

Por conseguinte, somada a todos esses fatores a benevolência popular, é impossível que alguém seja tão temerário que venha a conspirar; porque, geralmente, onde um conspirador tem de temer antes da execução do mal, neste caso deve temer também depois de ocorrido o fato, uma vez que tem o povo como inimigo e, por isso, não podendo esperar qualquer amparo.

Sobre esse assunto poder-se-ia dar inúmeros exemplos, mas pretendo contentar-me com um só, ocorrido nos tempos de nossos pais.

O senhor Aníbal Bentivoglio, avô do atual senhor Aníbal, era príncipe de Bolonha e foi assassinado pelos Canneschi (ou Canetoli), que haviam conspirado contra ele, não restando de sua família senão o senhor Giovanni Bentivoglio, que ainda era criança de colo. Logo após esse homicídio, o povo se levantou em armas e matou todos os Canneschi[1].

Isso resultou da benevolência popular que a casa dos Bentivoglio desfrutava naqueles tempos. Tamanha era essa benevolência que, não restando em Bolonha qualquer membro dessa família que pudesse, após a morte de Aníbal, governar o Estado e, havendo indícios de que em Florença havia um descendente dos Bentivoglio que se julgava até então filho de um ferreiro, os bolonheses foram procurá-lo em Florença e lhe confiaram o governo de sua cidade. Foi governado por ele até que o senhor Giovanni atingisse a idade conveniente para governar.

Concluo, portanto, que um príncipe deve dar pouca importância às conspirações, se o povo lhe for benévolo. Mas quando este é inimigo e lhe devota ódio, deve temer tudo e todos.

Os Estados bem organizados e os príncipes hábeis têm procurado, com toda a diligência, não reduzir ao desespero os grandes e satisfazer o povo, conservando-o contente, porque este é um dos mais importantes assuntos de que um príncipe tem de tratar.

---

(1) O assassinato de Annibale Bentivoglio ocorreu no dia 24 de junho de 1445.

Entre os reinos bem organizados e governados em nossa época está aquele da França. Nele existem inúmeras instituições boas, das quais dependem a liberdade e a segurança do rei. A principal delas é o Parlamento com sua autoridade.

Aquele que organizou esse reino, conhecendo a ambição dos poderosos e sua prepotência e julgando ser necessário pôr-lhes um freio na boca para corrigi-los – e, por outro lado, conhecendo o ódio da maioria contra os grandes, causado pelo medo, e desejando protegê-la – não quis que isto fosse da alçada particular do rei, para retirar dele aquela responsabilidade que poderia vir a ter com os grandes ao favorecer o povo ou com o povo ao favorecer os grandes.

Por isso, constituiu um juiz independente que fosse aquele que, sem responsabilidade do rei, castigasse os grandes e favorecesse os pequenos. Essa ordem não podia ser melhor nem mais prudente, nem de tal porte que haja alguma mais forte para a segurança do rei e do reino. Disso pode-se tirar outra conclusão digna de nota: os príncipes devem atribuir a outros as coisas que podem suscitar ódio, reservando para si próprios aquelas suscitam gratidão.

Concluo novamente que um príncipe deve estimar os grandes, mas não se fazer odiado pelo povo.

Talvez a muitos pudesse parecer, considerando a vida e a morte de alguns imperadores romanos, que esses fossem exemplos contrários à minha opinião, dado que alguns viveram sempre de modo exemplar e mostraram grandes virtudes, apesar disso, contudo, perderam o Império ou mesmo foram mortos pelos seus que contra eles conspiraram.

Querendo, portanto, responder a estas objeções, falarei das qualidades de alguns imperadores, mostrando as causas de sua ruína, não diversas daquilo que foi por mim exposto e, ao mesmo tempo, vou tecer considerações sobre aqueles fatos que são notáveis para quem lê as ações daqueles tempos.

Considero suficiente citar todos os imperadores que se sucederam no poder desde Marco, o filósofo, até Maximino e que foram os seguintes: Marco, seu filho Cômodo, Pertinax, Juliano, Severo, seu filho Antonino Caracala, Macrino, Heliogábalo, Alexandre e Maximino[2].

(2) Nomes mais completos e período de governo desses imperadores: Marco Aurélio Antonino (161-180 d.C.), Aurélio Cômodo Antonino (180-192), Públio Hélvio Pertinax (janeiro a março de 193), Marco Dídio Juliano (março a junho de 193), Lúcio Setímio Severo (193-211), Marco Aurélio Antonino Bassiano Caracala (211-217), Marco Opílio Severo Macrino (217-218), Vario Avito Bassiano Antonino Heliogábalo (218-222), Marco Aurélio Severo Alexandre (222-235), Caio Júlio Maximino, o Trácio (235-238).

Deve-se notar primeiramente que, enquanto nos outros principados se deve lutar apenas contra a ambição dos grandes e a insolência do povo, os imperadores romanos encontravam uma terceira dificuldade, aquela de terem de suportar a crueldade e a avidez dos soldados.

Essa terceira dificuldade era tão séria que se constituiu na causa da ruína de muitos, pois é difícil satisfazer ao mesmo tempo os soldados e o povo.

Esse amava a paz e, por isso, tinha predileção pelos príncipes moderados, enquanto os soldados amavam o príncipe de ânimo militar, que fosse insolente, cruel e rapace, querendo que o mesmo exercesse tais violências em detrimento do povo para poder ter soldo dobrado e dar vazão à sua avidez e crueldade.

Tais fatos fizeram com que aqueles imperadores que, por suas qualidades naturais ou adquiridas, não desfrutavam de uma grande reputação, de modo que, para poder manter sob controle um e outro, sempre caíam em ruína.

A maioria deles, principalmente aqueles que, como cidadãos privados, chegavam ao principado, conhecida a dificuldade que decorria desses dois sentimentos diversos, se empenhavam em satisfazer os soldados, pouco se preocupando em prejudicar, com isso, o povo.

Essa decisão era necessária porque, não podendo o príncipe deixar de ser odiado por alguém, deve primeiro buscar não ser odiado pelas classes sociais, mas quando não pode conseguir isto, deve fugir, por todos os meios, do ódio daquelas classes que são mais poderosas.

Por isso, aqueles imperadores que, de cidadãos privados haviam chegado ao poder, tinham necessidade de favores extraordinários e se apoiavam antes nos soldados que no povo, o que, não obstante, se tornava útil ou não para eles, conforme aquele príncipe soubesse ou não manter-se prestigiado entre eles.

Por essas razões mencionadas, resultou que Marco, Pertinax e Alexandre, todos de vida simples, amantes da justiça, inimigos da crueldade, humanos e benignos, tiveram, depois de Marco, triste fim.

Somente Marco viveu e morreu sumamente honrado, porque sucedeu no império por direito hereditário e não devia considerar-se devedor dele nem aos soldados nem ao povo. Além do mais, sendo dotado de muitas virtudes que o tornavam venerando, manteve sempre, enquanto viveu, uma classe e outra dentro de seus próprios limites, não sendo jamais odiado nem desprezado.

Mas Pertinax, feito imperador contra a vontade dos soldados – os quais, acostumados a viver desregradamente sob Cômodo, não puderam suportar aquela vida honesta a que o imperador queria reduzi-los – por isso, tendo Pertinax fomentado ódio contra si e, a esse ódio, acrescido o desprezo por ser já velho, caiu em ruína logo no início de sua administração.

Deve-se notar aqui que o ódio se adquire tanto pelas boas obras como pelas más. Entretanto, como já disse acima, querendo um príncipe conservar o Estado, frequentemente é forçado a não ser bom.

Porque, quando aquela maioria, povo ou soldados ou grandes, de que julgas ter mais necessidade para manter-te, é corrupta, convém que sigas seus apetites para satisfazê-la. Então, as boas obras se tornam tuas inimigas.

Mas passemos a Alexandre, o qual foi de tanta bondade que, entre outros louvores que lhe são atribuídos, está este: durante os quatorze anos que manteve o poder, nenhum cidadão foi executado sem julgamento. Não obstante, sendo considerado efeminado e homem que se deixava governar pela mãe, por isso tornou-se desprezado, o exército conspirou contra ele e o matou.

Falando agora, por outro lado, das qualidades de Cômodo, Severo, Antonino Caracala e Maximino, havereis de achá-los extremamente cruéis e rapaces. Para satisfazer os soldados, eles não pouparam nenhuma espécie de injúria que pudesse ser cometida contra o povo.

Todos, exceto Severo, tiveram triste fim. É que em Severo havia tamanha força que, conservando os soldados como seus amigos, ainda que o povo fosse oprimido por ele, pôde reinar sempre com tranquilidade, porque aquelas suas virtudes o tornavam tão admirável no conceito dos soldados e do povo, que esse ficava de certo modo estupefato e atônito e aqueles, reverentes e satisfeitos.

E porque as suas ações foram grandes e notáveis, para um príncipe novo, desejo mostrar brevemente como soube usar muito bem a índole do leão e da raposa, índoles que, como disse antes, devem ser imitadas por um príncipe.

Tendo Severo conhecido a indolência do imperador Juliano, persuadiu seu exército, do qual era capitão na Eslavônia[3], de que era conveniente ir a Roma para vingar a morte de Pertinax, assassinado pelos soldados pretorianos.

---

(3) O designativo Eslavônia indica as terras a leste do mar Adriático. Severo estava com seus exércitos em Carnunto [localidade próxima da atual Bratislava], quando decidiu voltar a Roma para vingar o imperador assassinado.

Sob esse pretexto, sem demonstrar aspirar ao Império, conduziu o exército contra Roma, chegando à Itália antes mesmo que se soubesse de sua partida.

Estando em Roma, o Senado, por temor, elegeu-o imperador e decidiu que Juliano fosse morto.

A seguir, restavam a Severo duas dificuldades para se apoderar de todo o Estado: uma na Ásia, onde Pescênio Nigro, chefe dos exércitos asiáticos, fizera-se aclamar imperador; a outra, no poente, onde estava Albino que, por sua vez, também aspirava ao Império.

Como julgava perigoso revelar-se inimigo de ambos, deliberou atacar Nigro e enganar Albino, a quem escreveu que, tendo sido eleito imperador pelo Senado, desejava compartilhar com ele essa dignidade. Enviou-lhe o título de César e, por deliberação do Senado, tornou-o seu colega.

Essas coisas foram aceitas por Albino como verdadeiras.

Mas depois que venceu e matou Nigro, pacificada a situação no oriente, retornando a Roma, Severo queixou-se ao Senado de que Albino, pouco reconhecido dos benefícios dele recebidos, tinha dolosamente procurado matá-lo, razão pela qual era necessário ir punir sua ingratidão. Depois, foi a seu encontro na França e lhe tirou o Estado e a vida.

Quem examinar minuciosamente as ações deste homem, deverá achá-lo um ferocíssimo leão e uma astuciosíssima raposa, poderá vê-lo temido e reverenciado por todos e não odiado pelos exércitos e não deverá de se admirar que ele, homem novo, tenha podido deter tanto poder. Sua enorme reputação o defendeu sempre daquele ódio que, por suas rapinas, o povo poderia ter concebido contra ele.

Mas seu filho Antonino foi, também ele, homem que possuía excelentes qualidades que o tornavam admirável aos olhos do povo e querido pelos soldados, porque era um militar que suportava muito bem qualquer fadiga, desprezava todo alimento delicado e detestava toda e qualquer frouxidão, o que o tornava amado por todos os exércitos.

Não obstante, sua ferocidade e crueldade foi tamanha e tão inaudita, tendo mesmo, depois de inúmeros assassinatos privados, morto grande parte da população de Roma e toda aquela de Alexandria[4], que se tornou

---

(4) Depois de ter eliminado seu irmão Geta, Antonino mandou massacrar todos os partidários dele. Com relação ao massacre de Alexandria, Antonino mandou convocar toda a juventude dessa cidade numa planície, com um pretexto qualquer, e então ordenou a seus soldados que exterminassem todos os jovens e os cidadãos presentes. Era a vingança contra certos boatos injuriosos que circulavam na cidade contra o imperador.

extremamente odiado por todo o mundo e começou a ser temido também por aqueles que o rodeavam, de modo que foi morto por um centurião no meio de seu exército[5].

A esse propósito, deve-se notar que essas mortes, decorrentes da deliberação de um espírito obstinado, são impossíveis de evitar por parte dos príncipes, porque todo aquele que não tem medo de morrer pode golpeá-los. O príncipe, no entanto, pouco deve temer, porque essas mortes são muito raras.

Deve apenas cuidar de não cometer grave injúria contra algum daqueles de que se serve e que tem a seu redor no serviço do principado, como tinha feito Antonino que havia morto de modo vil um irmão daquele centurião e ainda ameaçava a este diariamente, conservando-o, apesar disso, em sua própria guarda, o que se constituía em resolução temerária e capaz de destruí-lo, como de fato aconteceu.

Passemos, porém, a Cômodo, para quem era de grande facilidade manter o Império por tê-lo por direito hereditário, uma vez que era filho de Marco. Bastava-lhe seguir as pegadas do pai e teria satisfeito os soldados e o povo.

Mas, sendo de ânimo cruel e bestial, para poder usar sua rapacidade contra o povo, passou a cativar os exércitos e permitir-lhes todo desregramento. Por outro lado, não cuidando de sua dignidade, descendo frequentemente às arenas para combater com os gladiadores e fazendo outras coisas extremamente vis e pouco dignas da majestade imperial, tornou-se desprezível aos olhos dos soldados.

E, sendo odiado por uma parte e desprezado por outra, conspiraram contra ele e foi morto.

Falta-nos narrar as qualidades de Maximino. Este foi homem extremamente belicoso e, estando os exércitos enfastiados da frouxidão de Alexandre, de quem falei anteriormente, morto este, elegeram-no imperador. Maximino não possuiu o poder por muito tempo, porque duas coisas tornaram-no odiado e desprezível.

Uma, por ser de origem extremamente humilde, pois já havia apascentado ovelhas na Trácia, fato muito conhecido por todos e que suscitava grande desprezo para com ele da parte de todos.

---

(5) O imperador foi morto pelo centurião Marcial, durante uma marcha militar na Síria. O centurião havia sido insultado por Antonino e tivera ainda um irmão morto a mando do imperador. Marcial agiu por ordens de Macrino que, depois do homicídio, se fez proclamar imperador. Marcial foi morto imediatamente pela escolta de Antonino.

A outra, porque, tendo no início de seu principado retardado em se dirigir a Roma para tomar posse do trono imperial, dera de si impressão de ser extremamente cruel, porquanto, por intermédio de seus ministros em Roma e em muitos pontos do Império, perpetrara numerosas crueldades.

Desse modo, agitado todo o mundo pelo desprezo à insignificância de seu sangue e tomado de ódio pelo medo de sua ferocidade, rebelou-se primeiro a África, depois o Senado com todo o povo de Roma e toda a Itália conspirou contra ele. A esse levante juntou-se seu próprio exército que, assediando Aquileia e encontrando dificuldade em expugná-la, aborrecido por sua crueldade e vendo-o cercado de tantos inimigos, passou a temê-lo menos e o matou.

Não quero falar nem de Heliogábalo, nem de Macrino, nem de Juliano, os quais, por serem totalmente desprezíveis, logo se extinguiram. Vou passar de imediato à conclusão deste assunto. Assim, digo que os príncipes de nossos tempos encontram em medida menor essa dificuldade de satisfazer indevidamente os soldados, porque, não obstante se deva ter para com esses alguma consideração, isso se resolve logo contudo, pois nenhum destes príncipes tem exércitos que sejam veteranos nos governos e nas administrações das províncias, como eram os exércitos do Império Romano.

Entretanto, se então era necessário satisfazer mais os soldados que o povo, porque os soldados tinham mais importância que o povo, agora é necessário a todos os príncipes, exceto ao Turco e ao Sultão, satisfazer mais o povo que os soldados, porque o povo pode mais que esses.

Faço exceção do Turco em razão de ter ele sempre, em torno de si, doze mil soldados de infantaria e quinze mil de cavalaria, dos quais dependem a segurança e a força de seu reino. E é necessário que, preterido qualquer outro aspecto, que esse senhor os conserve amigos.

De modo semelhante, o reino do Sultão, estando todo ele nas mãos dos soldados, convém também a ele que, sem consideração pelo povo, os mantenha como amigos.

E deve-se notar que esse Estado do Sultão é diverso de todos os outros principados. É semelhante ao pontificado cristão que não pode ser chamado nem principado hereditário nem principado novo, porque não são os filhos do príncipe velho que são herdeiros e se tornam senhores, mas aquele que é eleito para o cargo por aqueles que têm autoridade para tanto.

E sendo essa uma instituição antiga, não se pode chamá-la principado novo, porque nela não subsistem algumas das dificuldades que se encontram nos novos, porquanto, embora o príncipe seja novo, as instituições desse Estado são velhas e ordenadas a recebê-lo como se fosse seu senhor hereditário.

Retornemos, porém, a nosso assunto. Digo que todo aquele que considerar o acima exposto haverá de perceber que o ódio ou o desprezo foram a causa da ruína dos imperadores citados e haverá de saber ainda porque procedendo uma parte deles de um modo e a outra parte de modo contrário, em qualquer um desses modos de agir alguns deles tiveram fim feliz, enquanto os outros o tiveram infeliz.

Para Pertinax e Alexandre, que de cidadãos privados se tornaram príncipes, foi inútil e prejudicial querer imitar Marco que se encontrava no principado por direito hereditário e, de igual modo, para Caracala, Cômodo e Maximino, foi pernicioso imitar Severo, por não possuírem tanta virtude que fosse suficiente para poderem seguir suas pegadas.

Portanto, um príncipe novo num principado novo não pode imitar as ações de Marco e muito menos é necessário seguir todas aquelas de Severo, mas deve tomar de Severo aquelas qualidades que forem necessárias para fundar seu Estado e de Marco, aquelas que forem convenientes e gloriosas para conservar um Estado já estabelecido e firme.

Capítulo XX

Se as fortalezas e muitas outras coisas que a cada dia são feitas pelos príncipes são úteis ou não
(An arces et multa alia, quae cotidie a principibus fiunt, utilia an inutilia sint)

Alguns príncipes, para conservar com segurança o Estado, desarmaram seus súditos, outros mantiveram divididas as terras conquistadas.

Alguns nutriram inimizades contra si mesmos, outros se dedicaram a cativar aqueles que lhes eram suspeitos no início de seu governo.

Alguns construíram fortalezas, outros as fizeram ruir e as destruíram.

E embora não se possa proferir um julgamento completo sobre todas essas coisas, sem entrar nas na discussão das condições próprias desses Estados, nos quais fosse necessário tomar alguma dessas deliberações, apesar disso vou falar de maneira genérica, como o próprio assunto o requer.

Jamais existiu um príncipe novo que desarmasse seus súditos. Pelo contrário, sempre que os encontrou desarmados, armou-os, porque, ao armá-los, essas armas passam a ser tuas, tornam fiéis aqueles que te são suspeitos, aqueles que eram fiéis assim se conservam e, de súditos, todos eles se tornam teus partidários.

Como não é possível armar todos os súditos, quando são beneficiados aqueles que tu armas, com os outros podes agir com menos precaução. Essa diversidade de tratamento que reconhecem em seu favor os torna obrigados para contigo e os outros desculpar-te-ão, julgando ser necessário que aqueles tenham mais recompensas por estarem sujeitos a maiores perigos e a maiores obrigações.

Mas quando os desarmas, começas a ofendê-los, mostras que não confias neles, ou por vileza ou por desconfiança, e uma ou outra dessas opiniões concebe ódio contra ti.

E, como não podes ficar desarmado, torna-se necessário que te voltes à milícia mercenária que é daquela qualidade acima descrita e, caso fosse boa, não poderia ser tão numerosa para te defender dos inimigos poderosos e dos súditos suspeitos.

Como já disse, porém, um príncipe novo, num principado novo, sempre organizou suas tropas e, destes exemplos, a história está repleta.

Mas quando um príncipe conquista um novo Estado que, como membro, se agrega ao antigo, então é necessário desarmar aquele Estado conquistado, salvo aqueles que, ao conquistá-lo, foram teus partidários. Também a estes, com o tempo e as oportunidades, é necessário torná-los frouxos e efeminados, procedendo de modo que as armas de todo o teu Estado fiquem somente em poder de teus próprios soldados que, no Estado antigo, viviam junto de ti.

Nossos antepassados, e precisamente aqueles que eram considerados sábios, costumavam dizer que era necessário manter Pistoia com suas facções e Pisa com suas fortalezas e, por isso, em algumas cidades por eles conquistadas nutriam as discórdias civis, a fim de dominá-las mais facilmente.

Isto, naqueles tempos em que a Itália se apresentava de certo modo equilibrada, devia ser útil. Mas não creio se possa hoje admitir isso como preceito, porque não acredito que as divisões alguma vez pudessem trazer qualquer benefício.

Ao contrário, quando o inimigo se avizinha, é necessário que as cidades divididas sejam logo perdidas, porque sempre a parte mais fraca se aliará às forças externas e a outra não poderá resistir.

Os venezianos, levados, segundo acredito, pelas razões acima mencionadas, incentivavam as facções guelfas e gibelinas[1] nas cidades a eles submetidas.

E embora nunca as deixassem chegar ao derramamento de sangue, alimentavam entre elas essas divergências para que, ocupados esses cidadãos naquelas suas diferenças, não se unissem contra eles.

Isso, como se viu, não veio em seu proveito porque, derrotados em Vailate, logo uma parte daquelas facções passou a se insurgir e lhes tomaram todo o Estado.

Essas atitudes revelam, portanto, fraqueza do príncipe, porque num principado poderoso jamais serão permitidas semelhantes divisões, porquanto são úteis somente em tempo de paz, podendo-se por meio delas manejar mais facilmente os súditos, mas, ao sobrevir a guerra, esse sistema mostra sua falácia.

Sem dúvida, os príncipes se tornam grandes quando superam as dificuldades e as oposições que lhes são movidas.

Entretanto, a sorte, principalmente quando quer tornar grande um príncipe novo que tem mais necessidade de adquirir reputação do que um hereditário, faz-lhe surgir inimigos e os determina a empreender campanhas contra ele, a fim de que esse príncipe tenha oportunidade de superá-los e, assim, possa subir mais alto pela escada que os inimigos lhe trouxeram.

Muitos julgam, porém, que um príncipe hábil deve, quando tiver oportunidade, alimentar com astúcia alguma inimizade para que, eliminada esta, resulte ainda maior sua grandeza.

Os príncipes, sobretudo aqueles que são novos, têm encontrado mais lealdade e maior utilidade naqueles homens que, no início de seu governo, foram considerados suspeitos, do que naqueles que no início eram seus confidentes.

Pandolfo Petrucci, príncipe de Siena, dirigia o seu Estado mais com aqueles que lhe foram suspeitos do que com os outros[2].

Mas desse assunto não é possível falar de modo geral porque varia de acordo com cada caso. Direi somente isto, que aqueles homens que,

---

(1) Os guelfos e os gibelinos eram duas facções que se difundiram por quase toda a Itália e conturbaram, durante séculos, a política italiana. Eram como dois partidos políticos, antagônicos e inimigos, que se inseriam em todos os pequenos Estados e feudos da Itália. Os guelfos [do termo alemão Welfen] eram partidários dos duques da Baviera contra os Hohenstaufen, no Império Germânico; como o imperador da Alemanha era também rei de toda a Itália, foram denominados guelfos, na Itália, os partidários da política dos Papas contra os interesses dos imperadores germânicos e, portanto, favoráveis ao domínio temporal dos Papas, à teocracia e à supremacia do Papado, não só religiosa mas também política, sobre os governantes. Os gibelinos [de Wibeling, nome de castelo da Alemanha] eram os partidários dos Hohenstaufen contra os duques da Baviera; na Itália, eram os partidários que defendiam os interesses imperiais germânicos contra a teocracia pontifícia. Os guelfos eram, portanto, clericais e os gibelinos, de orientação laica.
(2) Nascido em 1450, Pandolfo Petrucci apoderou-se de Siena gradualmente, a partir de 1487, e manteve o poder até a morte, ocorrida em 1512. Maquiavel teve vários contatos com ele, em função de seu cargo como Secretário de Florença ou do Grão-Ducado da Toscana, e o considerava um político hábil e astuto que "mantinha o pé sempre em mil estribos", como escreve numa de suas cartas.

no início de um principado, haviam sido inimigos, sendo de condição que para manter-se precisam de apoio, o príncipe poderá sempre com grande facilidade vir a conquistá-los. E eles tanto mais se sentem obrigados a servi-lo com lealdade, quanto mais reconhecem ser necessário para eles cancelar com obras aquela mau conceito que corria a respeito deles.

Assim, o príncipe obtém deles sempre maior utilidade do que daqueles que, servindo-o com excessiva segurança, descuram de seus interesses.

Já que o assunto o requer, não pretendo deixar de lembrar aos príncipes, que tomaram um novo Estado, mediante o favorecimento de alguns dos seus habitantes, que considerem bem qual a razão que levou aqueles que os favoreceram a favorecê-los.

Se a mesma não é afeição natural em relação a eles, mas tivesse sido somente porque aqueles não estavam satisfeitos com a situação daquele Estado, só com fadiga e grande dificuldade se poderá conservá-los como amigos, porque que é quase impossível que o príncipe possa contentá-los.

Se o príncipe examinar bem a causa disso, tendo presente aqueles exemplos que se extraem das coisas antigas e modernas, poderá perceber que é muito mais fácil tornar amigos aqueles homens que se contentavam com o regime antigo e, não obstante eram seus inimigos, do que aqueles que, por estarem descontentes com ele, fizeram-se seus amigos e o favoreceram na conquista.

Tem sido costume dos príncipes, para poder manter seu Estado de modo mais seguro, edificar fortalezas que sejam as rédeas e o freio postos aos que desejassem rebelar-se, bem como para ter um refúgio seguro contra um ataque de surpresa.

Eu aprovo esse procedimento porque é usado desde tempos remotos. Não obstante, o senhor Niccolò Vitelli, em nossa época, destruiu duas fortalezas em Città di Castello para conservar aquele Estado. Guido Ubaldo, Duque de Urbino, tendo retornado a seu domínio do qual havia sido expulso por Cesare Borgia, destruiu até os alicerces todas as fortalezas daquela província, julgando que sem aquelas seria mais difícil perder novamente aquele Estado. Os Bentivoglio, retornando a Bolonha, usaram expediente similar.

As fortalezas são, portanto, úteis ou não, de acordo com os tempos. Se, por um lado, te são de proveito, por outro, te prejudicam.

Pode-se explicar esta afirmativa da seguinte forma: aquele príncipe que tiver mais medo de seu povo do que dos estrangeiros, deve construir as fortalezas, mas aquele que sentir mais medo dos estrangeiros que de seu povo, deve dispensá-las.

O castelo de Milão, edificado por Francisco Sforza, moveu e moverá mais guerra à casa dos Sforza do que qualquer outro defeito daquele Estado.

Por isso, a melhor fortaleza que possa existir é não ser odiado pelo povo, porque, mesmo que tenhas fortalezas, mas se o povo te odiar, elas não te salvarão, porquanto não faltam jamais ao povo, uma vez tenha tomado em armas, estrangeiros que o socorram.

Em nossos tempos, observa-se que as fortalezas não têm sido proveitosas a nenhum príncipe, exceto à Condessa de Forlì, quando foi morto o Conde Girolamo, seu esposo, porque conseguiu refugiar-se numa fortaleza e fugir do ímpeto popular, esperando pelo socorro de Milão, e assim recuperar o Estado. Além do mais, as circunstâncias eram tais na época que nenhum estrangeiro podia socorrer o povo.

Mas depois, também para ela pouco valeram as fortalezas, quando Cesare Borgia a atacou e o povo, inimigo dela, se juntou ao estrangeiro.

Teria sido, portanto, então e mesmo antes, mais seguro para ela não ser odiada pelo povo do que possuir fortalezas.

Consideradas, portanto, todas essas questões, louvarei tanto aquele que construir fortalezas como aquele não as construir e censurarei aquele que, confiando nas fortalezas, considerar de pouca importância ser odiado pelo povo.

Capítulo XXI

O QUE CONVÉM A UM PRÍNCIPE PARA SER ESTIMADO
(QUOD PRINCIPEM DECEAT UT EGREGIUS HABEATUR)

Nada faz estimar tanto um príncipe como as grandes campanhas e os raros exemplos que dá de si.

Em nossos tempos, temos Fernando de Aragão, atual rei de Espanha[1]. Esse pode ser chamado quase príncipe novo, porque de um rei fraco tornou-se, por fama e por glória, o primeiro rei dos cristãos e, se forem consideradas suas ações, todas elas podem ser classificadas como grandiosas e algumas mesmo extraordinárias.

No começo de seu reinado, atacou Granada e essa campanha foi o fundamento de seu Estado.

Antes de tudo, ele a empreendeu livremente, sem receio de ser impedido. Manteve ocupadas nela as atenções dos barões de Castela

---

(1) Fernando, o Católico (1452-1516), fundador da Espanha moderna, tornou-se rei de Aragão em 1479, sucedendo a seu pai, João; precisamente enquanto sua esposa, Isabela, recebia o trono do reino de Castela, como herança de seu irmão Henrique IV. Maquiavel relembra algumas campanhas desse rei espanhol que era seu contemporâneo.

que, pensando nessa guerra, não pensavam em mudanças políticas e ele, nesse meio tempo, conquistava reputação e autoridade sobre os mesmos, sem que eles percebessem. Com dinheiro da Igreja e do povo, pôde manter exércitos e, com tão longa campanha, pôde estabelecer as bases de sua milícia que, depois, tanto o honrou.

Além disto, para poder empreender campanhas maiores, servindo-se sempre da religião, dedicou-se a uma piedosa crueldade, expulsando, e despojando, seu reino dos marranos[2], ação de que não pode haver exemplo mais digno de compaixão nem mais raro.

Sob essa mesma capa, atacou a África, fez a campanha da Itália e, ultimamente, atacou a França.

E assim, sempre preparou e levou a termo grandes empreendimentos que mantiveram sempre suspensos e admirados os ânimos dos súditos e ocupados em esperar o êxito dessas campanhas.

Essas suas ações surgiram umas das outras, de tal modo que, entre uma e outra, nunca deu espaço aos inimigos para que pudessem tranquilamente agir contra ele.

É também bastante útil para um príncipe dar de si exemplos raros na forma de agir em seu próprio Estado – semelhantes àqueles que são narrados sobre o senhor Barnabò de Milão[3] –, quando surge a oportunidade de alguém realizar alguma coisa extraordinária, de bem ou de mal, na vida civil e procurar um modo de premiá-lo ou de puni-lo, de forma que isso seja bastante comentado.

Acima de tudo, um príncipe deve empenhar-se em deixar após si, em cada ação sua, fama de grande homem e de excelente ânimo.

Um príncipe é estimado ainda, quando é verdadeiro amigo e verdadeiro inimigo, isto é, quando sem qualquer consideração se revela em favor de um, contra o outro. Esta atitude é sempre mais útil do que ficar neutro, porque, se dois poderosos vizinhos teus entrarem

---

(2) Marrano era apelativo injurioso dirigido pelos espanhóis aos mouros e aos hebreus recém-convertidos ao cristianismo. Duramente perseguidos pela Inquisição, porque se acreditava que se convertessem somente na aparência, para fugir das perseguições. O rei Fernando expulsou os hebreus, e não os marranos, da Espanha em 1492. Milhares saíram do país e seus bens foram confiscados pela coroa; muitos se converteram para evitar a expatriação, aumentando o número de marranos.
(3) Bernabò Visconti, mais conhecido como Bernabò de Milão (1323-1385), conseguiu unificar quase todo o território do Ducado de Milão e procurou ampliá-lo com a conquista de territórios limítrofes. Deposto pelo sobrinho Gian Galeazzo Visconti, foi processado e executado. Sua fama de cruel se originou de sua firmeza desapiedada com que quebrava a resistência de senhores feudais, mas entre o povo persistiu a lembrança de um homem extremamente justo e severo na aplicação da justiça contra abusos e crimes cometidos por seus súditos.

em guerra, ou são do tipo que, ao vencer um deles, tenhas que temer o vencedor, ou não.

Em qualquer um desses dois casos, será sempre mais útil definir-te e fazer guerra aberta, porque, no primeiro caso, se não te definires serás sempre presa daquele que vence, com prazer e satisfação daquele que foi vencido e não terás razão nem coisa alguma que te defenda ou que te proteja, porquanto o vencedor não quer amigos suspeitos ou que não o ajudem nas adversidades e quem perde não te recebe porque não quiseste, de armas em punho, correr o risco a seu lado.

Antíoco invadiu a Grécia a chamado dos etólios para expulsar os romanos. Antíoco enviou embaixadores aos aqueus, amigos dos romanos, para exortá-los a ficarem neutros, enquanto os romanos os persuadiam a tomar em armas a seu lado.

Esse assunto foi levado à deliberação do conselho dos aqueus, em que o legado de Antíoco os persuadia a ficarem neutros, ao que o legado romano respondeu: *"Quod autem isti dicunt non interponendi vos bello, nihil magis alienum rebus vestris est; sine gratia, sine dignitate, praemium victoris eritis"*[4].

Sempre acontecerá que aquele que não é amigo procurará tua neutralidade e aquele que é amigo pedirá que te definas com as armas. Os príncipes irresolutos, para evitar os perigos presentes, seguem na maioria das vezes o caminho da neutralidade e, na maioria das vezes, caem em ruína.

Mas quando o príncipe se define com galhardia em favor de uma das partes, se aquele a quem te alias vence, mesmo que seja tão poderoso que venhas a ficar à sua discrição, ele tem obrigação para contigo e está ligado a ti pela amizade.

E os homens nunca são tão desonestos que, com tamanho ato exemplar de ingratidão, viessem a te oprimir. Além disso, as vitórias nunca são tão completas que o vencedor não deva ter alguma consideração, sobretudo para com a justiça.

Mas se aquele a quem te alias perder, serás protegido por ele e, enquanto puder, ajudar-te-á e te tornas companheiro de uma sorte que poderá ressurgir.

---

(4) "Aquilo, pois, que estes dizem, de não vos intrometerdes na guerra, é mais prejudicial que qualquer outra coisa para vós que haveríeis de ficar como prêmio do vencedor, sem consideração e sem dignidade."

No segundo caso, quando aqueles que combatem um contra o outro são do tipo que não devas temer o vencedor, ainda maior prudência é aliar-se, porque causas a ruína de um com a ajuda de quem deveria salvá-lo, se fosse prudente; vencendo, fica à tua mercê e é impossível que, com teu auxílio, não vença. Deve-se notar aqui que um príncipe deve ter a cautela de jamais fazer aliança com um mais poderoso que ele para atacar os outros, a não ser quando a necessidade te obrigue, como se disse acima, porque, se venceres, ficas prisioneiro dele. E os príncipes devem fugir, sempre que puderem, de ficar à mercê de outros.

Os venezianos se aliaram à França contra o duque de Milão, podendo ter evitado essa aliança, da qual resultou sua ruína.

Mas quando não se pode evitá-la – como aconteceu aos florentinos, quando o Papa e a Espanha levaram seus exércitos para atacar a Lombardia – , então o príncipe deve aliar-se pelas razões acima expostas.

Nem julgue algum Estado poder tomar sempre decisões desprovidas de risco, antes que pense ter de tomá-las todas elas duvidosas, porque, na ordem das coisas, acontece que nunca se procura fugir a um inconveniente sem incorrer em outro, mas a prudência consiste em saber conhecer o tipo desses inconvenientes e tomar o menos ruim como bom.

Um príncipe deve ainda mostrar-se amante das virtudes, dando hospitalidade aos homens virtuosos e honrando os melhores numa arte.

Ao mesmo tempo, deve animar seus cidadãos a exercer pacificamente suas atividades no comércio, na agricultura e em qualquer outra ocupação dos homens, de modo que o agricultor não tema melhorar suas propriedades, por receio de que as mesmas lhe sejam tomadas, e o comerciante não deixe de abrir um comércio por medo das taxas.

Mas deve também instituir prêmios para aqueles que quiserem realizar essas coisas e para todos aqueles que pensam em engrandecer, por qualquer modo, sua cidade ou seu Estado. Além disso, nas épocas convenientes do ano, deve distrair o povo com festas e espetáculos. E porque toda cidade está dividida em corporações ou em circunscrições, deve cuidar dessas coletividades, reunir-se com elas algumas vezes, dar provas de humanidade e munificência, mantendo sempre firme, não obstante, a majestade de sua dignidade.

Capítulo XXII

Dos ministros que os príncipes têm junto de si
(De his quos a secretis principes habent)

Não é de pouca importância para um príncipe a escolha dos ministros, os quais são bons ou não, segundo a prudência do príncipe.

E a primeira conjectura que se faz da inteligência de um senhor, resulta da observação dos homens que o cercam. Quando são capazes e fiéis, sempre se pode considerá-lo sábio, porque soube reconhecê-los competentes e sabe mantê-los fiéis. Mas quando não são assim, sempre se pode fazer mau juízo dele, porque o primeiro erro que comete, o comete nessa escolha.

Não houve ninguém que, conhecendo o senhor Antônio de Venafro como ministro de Pandolfo Petrucci, príncipe de Siena, não julgasse Pandolfo como extremamente valoroso pelo fato de ter aquele por ministro.

E porque há três tipos de inteligências – um que entende as coisas por si, outro que distingue o que os outros entendem e o terceiro que não entende nem por si nem por intermédio dos outros, sendo o primeiro excelente, o segundo muito bom e o terceiro, inútil – convinha necessariamente que, se Pandolfo não se classificava no primeiro grau, estivesse no segundo.

Porque, toda vez que alguém tem a capacidade de conhecer o bem ou o mal que outro faz ou diz, mesmo que por si não seja capaz de ter iniciativa, distingue as obras boas e más do ministro, exalta aquelas e corrige estas e o ministro não pode esperar enganá-lo, pelo que se mantém bom.

Mas, para que um príncipe possa conhecer o ministro, existe um método que não falha nunca. Quando vires o ministro pensar mais em si do que em ti e que, em todas as ações, procura seu interesse próprio, podes concluir que esse jamais será um bom ministro e nele nunca poderás confiar.

Porque aquele que tem o Estado de outro em suas mãos nunca deve pensar em si, mas sempre no príncipe, não lembrando jamais de coisa que não diga respeito ao príncipe. Por outro lado, o príncipe, para conservá-lo bom, deve pensar no ministro, honrando-o, tornando-o rico, obrigando-se para com ele, conferindo-lhe honrarias e cargos, a fim de que veja que não pode ficar sem sua proteção e que as muitas honras não o levem a desejar mais honras, as muitas riquezas não o levem a desejar mais riquezas e os muitos cargos o levem a temer as mudanças.

Quando, portanto, os ministros, e os príncipes com relação aos ministros, estão assim preparados, podem confiar um no outro. Quando não for assim, o fim será sempre danoso para um ou para outro.

Capítulo XXIII

Como se deve evitar os aduladores
(Quomodo adulatores sint fugiendi)

Não quero deixar de lado um assunto importante e um erro do qual os príncipes com muita dificuldade se defendem, se não são extremamente hábeis ou se não fazem boa escolha.

Refiro-me aos aduladores, dos quais as cortes estão repletas, porque os homens se comprazem tanto nas coisas que lhes são próprias e de tal modo se iludem, que com dificuldade se defendem desta peste.

E querendo defender-se, há o risco de tornar-se desprezível, porque não há outro meio de resguardar-se das adulações, a não ser fazendo entenderem os homens que não te causam desgosto ao dizerem a verdade. Mas, quando todos podem dizer-te a verdade, passam a faltar com a reverência para contigo.

Um príncipe prudente deve, portanto, proceder por um terceiro modo, escolhendo em seu Estado homens sábios e somente a eles deve dar a liberdade de falar-lhe a verdade e somente sobre aquilo que ele perguntar, e nada mais — mas deve perguntar a eles sobre todos os assuntos — e ouvir suas opiniões.

Depois, há de deliberar por si, a seu modo.

E, com esses conselhos e com cada um deles, deve portar-se de modo que todos compreendam que, quanto mais livremente falarem, tanto mais serão aceitas suas opiniões.

Excetuando esses, não deve querer ouvir mais ninguém, mas seguir a deliberação adotada e ser obstinado em suas decisões.

Quem proceder de outro modo, ou cai danosamente em erro por causa dos aduladores ou muda frequentemente de opinião pela variedade dos pareceres, disso resultando sua pouca estima.

A este propósito, quero trazer um exemplo atual. O padre Lucas, homem de confiança do atual imperador Maximiliano[1], falando de Sua Majestade, disse que ele não se aconselhava com ninguém e não fazia nada a seu modo.

Isso significa que ele tinha conduta oposta ao acima exposto. Porque o Imperador é homem discreto, não comunica a ninguém seus desígnios, não pede parecer, mas como, ao serem postos em prática começam a ser conhecidos e descobertos, começam também a ser contrastados por aqueles que o cercam, e ele, como é fraco, os desfaz. Disso decorre que as coisas que faz num dia são destruídas no outro e que não se entenda nunca o que ele quer ou o que deseja fazer, não podendo ninguém confiar em suas deliberações.

Um príncipe, portanto, deve aconselhar-se sempre, mas quando ele quiser e não quando os outros quiserem. Deve, antes, tolher a todos o desejo de aconselhar-lhe alguma coisa, sem que ele venha a pedir. Mas deve também ser grande perguntador e, depois, acerca das coisas perguntadas, paciente ouvinte da verdade.

Melhor, notando que alguém, por algum motivo, não lhe diga a verdade, deve mostrar-se irado.

Muitos entendem que o príncipe que difunde uma opinião de ser prudente, seja assim considerado não por sua natureza, mas pelos bons conselheiros que o rodeiam. Esses que assim pensam, sem dúvida, se enganam.

---

(1) Maximiliano (1459-1519), imperador do Império Germânico, participou de várias guerras na Itália, sem grande sucesso. Ao falar dele, em outros escritos, Maquiavel o descreve como instável, crédulo e extravagante. No tocante ao mencionado padre Lucas, trata-se de Luca Rinaldi, bispo de Trieste, que por diversas vezes foi embaixador do imperador Maximiliano.

Porque esta é uma regra geral que nunca falha: um príncipe que não seja sábio por si mesmo, não pode ser bem aconselhado, a menos que por acaso se confiasse a um só que mandasse nele em tudo e que fosse homem extremamente prudente.

Este caso poderia muito bem acontecer, mas duraria pouco, porque aquele que efetivamente governasse, em pouco tempo lhe tomaria o Estado.

Mas aconselhando-se com mais de um, um príncipe que não seja sábio, não terá nunca os conselhos uniformes e não saberá por si mesmo harmonizá-los.

Cada conselheiro pensará em seus interesses particulares e ele não saberá corrigi-los nem se inteirar do assunto. E não é possível encontrar conselheiros diferentes, porque os homens sempre serão maus se, por uma necessidade, não se tornarem bons.

Por conseguinte, se conclui que os bons conselhos, venham de onde vierem, devem nascer da prudência do príncipe, e não a prudência do príncipe resultar dos bons conselhos.

Capítulo XXIV

Porque os príncipes da Itália perderam seus estados
(Cur Italiae principes regnum amiserunt)

As coisas anteriormente descritas, aplicadas prudentemente, fazem parecer antigo um príncipe novo e o tornam logo mais seguro e mais firme no Estado do que se nele estivesse como um príncipe antigo.

Porque um príncipe novo é muito mais observado em suas ações do que um hereditário e, quando essas são reconhecidas como virtuosas, conquistam mais fortemente os homens e os vinculam a si muito mais que a antiguidade da dinastia.

Porque os homens se sentem atraídos muito mais pelas coisas presentes do que pelas passadas e, quando nas presentes encontram o bem, ficam satisfeitos e nada mais procuram. Antes, assumirão toda a defesa por ele, desde que o príncipe não falhe de sua parte nas outras coisas.

E assim, terá glória dobrada por ter dado início a um principado novo e por tê-lo ornado e fortalecido com boas leis, boas armas e bons exemplos, como, por outro lado, terá vergonha dobrada aquele que, tendo nascido príncipe, veio a perder o principado por sua pouca prudência.

E se forem considerados aqueles senhores que na Itália perderam seus Estados em nossa época, como o rei de Nápoles, o duque de Milão e outros, encontrar-se-á neles, em primeiro lugar, um defeito comum quanto aos exércitos, pelas razões que já foram amplamente expostas. Depois, poder-se-á ver que alguns deles tiveram o povo como inimigo ou, tendo o povo como amigo, não souberam garantir-se contra os grandes.

Porque, sem esses defeitos, não se perdem os Estados que tenham tanta força que possam manter um exército em campanha.

Filipe da Macedônia, não o pai de Alexandre, mas aquele que foi vencido por Tito Quinto, tinha um Estado não muito extenso, em comparação com a grandeza dos romanos e da Grécia, que o atacaram. Não obstante, por ser homem de formação militar, que sabia manter o povo como amigo e garantir-se contra os grandes, sustentou por muitos anos a guerra contra aqueles. E se, no final, perdeu o domínio de algumas cidades, restou-lhe contudo o reino.

Esses nossos príncipes, portanto, que tinham permanecido muitos anos em seus principados para depois perdê-los, não podem acusar a sorte, mas sim sua própria pusilanimidade, porque, não tendo nunca, nos tempos pacíficos, pensado que esses poderiam mudar – o que é defeito comum dos homens não se preocupar na bonança com a tempestade – quando chegaram os tempos adversos, preocuparam-se em fugir e não em defender-se, esperando que o povo, cansado da insolência dos vencedores, os chamasse de volta.

Essa decisão, quando falham as outras, é boa, mas é muito ruim ter abandonado os outros remédios por esse, porque não se deveria jamais cair por acreditar encontrar quem te levante.

Isso não acontece ou, se acontecer, não te colocará em segurança, porque aquela defesa foi vil e, não nascendo de ti, não te pertence. As defesas somente são boas, certas e duradouras quando dependem de ti mesmo e de tua virtude.

Capítulo XXV

Quanto pode a sorte nas coisas humanas e de que modo se deve resistir a ela
(Quantum fortuna in rebus humanis possit, et quomodo illi sit occurrendum)

Não ignoro que muitos têm tido e têm a opinião de que as coisas do mundo sejam governadas pela sorte e por Deus, que os homens, com sua prudência, não possam governá-las, antes, que não haja remédio algum contra elas. Por isso poderiam pensar que não valesse a pena afadigar-se muito nas coisas, mas deixar-se governar pela sorte.

Essa opinião tornou-se mais aceita em nossos tempos pela grande modificação das coisas que foi vista e que se observa todos os dias, além de qualquer conjectura humana.

Pensando nisso algumas vezes, em parte inclinei-me a favor dessa opinião.

Não obstante, para que nosso livre-arbítrio não seja extinto, julgo poder ser verdade que a sorte seja árbitro da metade de nossas ações, mas que ainda nos deixe governar a outra metade, ou quase.

Comparo-a a um desses rios torrenciais que, quando se encolerizam, alagam as planícies, destroem as árvores e os edifícios, carregam terra de um lugar e a depositam em outro. Todos fogem diante deles, todos cedem a seu ímpeto, sem poder levantar barreiras em parte alguma.

E embora sejam feitos assim, disso não decorre que os homens, quando o tempo está tranquilo, possam tomar providências com anteparos e diques, de modo que, crescendo depois, as águas haveriam de correr por um canal ou seu ímpeto não haveria de ser tão prejudicial nem tão violento.

De modo semelhante acontece com a sorte que demonstra seu poder onde não existe virtude predisposta para resistir-lhe e aí volta seus ímpetos em direção ao ponto em que se sabe não foram construídos diques e anteparos para contê-la.

E se for considerada a Itália, que é a sede destas variações e aquela que lhes deu o impulso inicial, poder-se-á ver que ela é uma área sem diques e sem qualquer anteparo, porque se protegida por forças convenientes, como a Alemanha, a Espanha e a França, essa cheia não teria feito as grandes alterações que fez ou não teria ocorrido.

Penso que isto seja suficiente quanto ao que tinha a dizer acerca da oposição que se pode antepor à sorte, de modo geral.

Mas, restringindo-me mais ao particular, digo porque se vê um príncipe hoje prosperar e amanhã cair em ruína, sem que tenha mudado sua natureza ou suas qualidades. Isso decorre, segundo acredito, primeiro, das causas que foram longamente expostas mais acima, isto é, que o príncipe que se apoia totalmente na sorte arruína-se segundo as variações dessa.

Creio ainda que seja afortunado aquele que acomoda seu modo de proceder com as circunstâncias dos tempos e, de modo semelhante, seja desafortunado infeliz aquele que, com seu proceder, entre em choque com os tempos que atravessa.

Porque os homens são vistos, naquilo que os conduz ao fim que cada um tem por objetivo, isto é, glórias e riquezas, proceder de maneiras diversas: um com cautela, o outro com ímpeto, um com violência, o outro com astúcia, um com paciência e o outro de modo contrário. E cada um, por esses diversos meios, pode alcançar o objetivo.

Pode-se ver ainda dois cautelosos, dos quais, um alcança seu objetivo e o outro, não. E de modo semelhante, dois deles igualmente progredir com modos de proceder diversos, sendo um deles cauteloso e o outro, impetuoso. Isso resulta exclusivamente da natureza dos tempos que se adaptam ou não ao proceder dos mesmos.

Disso decorre aquilo que eu disse, ou seja, que dois indivíduos, operando de maneiras diversas, podem alcançar o mesmo efeito, ao passo que dois, operando da mesma forma, um atinge seu fim e o outro, não.

Disto depende ainda a variação do bem, porque, se alguém se comporta com cautela e paciência, os tempos e as circunstâncias correm de modo que seu comportamento seja bom e ele vai progredindo. Mas, se os tempos e as circunstâncias se modificam, ele se arruína, porque ele não muda seu modo de proceder.

Nem é possível encontrar homem tão prudente que saiba adaptar-se a isso, seja porque não pode se desviar daquilo a que a natureza o inclina, seja ainda porque, tendo alguém prosperado seguindo sempre por um caminho, não se consegue persuadi-lo de sair dele.

Entretanto, o homem cauteloso, quando chega o momento de ser impetuoso, não sabe fazê-lo e, por isso, cai em ruína. Mas se ele mudasse de natureza de acordo com os tempos e com as coisas, sua sorte não mudaria.

O Papa Júlio II procedeu impetuosamente em todas as suas ações e encontrou tanto os tempos como as circunstâncias coincidentes com aquele seu modo de proceder, pelo que teve sorte de sempre ter um final feliz.

Considerai a primeira campanha que empreendeu contra Bolonha, estando ainda vivo o senhor Giovanni Bentivoglio.

Os venezianos eram contrários. O rei da Espanha, igualmente. Com a França, mantinha tratativas sobre essa campanha. Não obstante isso, com sua ferocidade e ímpeto, ele partiu pessoalmente para aquela expedição.

Diante desse gesto, a Espanha e os venezianos ficaram em suspenso e parados, esses por medo, aquela pelo desejo de recuperar todo o reino de Nápoles. Por outro lado, o Papa arrastou consigo o rei de França porque, vendo-o esse rei em campanha e desejando torná-lo amigo para humilhar os venezianos, julgou não poder negar-lhe seus exércitos sem ofendê-lo de modo manifesto.

Júlio realizou, portanto, com seu gesto impetuoso, aquilo que jamais outro pontífice, com toda a humana prudência, teria conseguido fazer.

Porque se ele tivesse esperado partir de Roma com todos os acordos concluídos e todas as coisas assentadas, como qualquer outro Papa teria feito, nunca teria obtido êxito, porquanto o rei de França teria apresentado mil desculpas e os outros lhe teriam incutido mil receios.

Desejo omitir as outras ações dele, todas semelhantes e todas com feliz êxito, e a brevidade da vida não o deixou provar o efeito contrário, porque se tivessem surgido tempos em que se tornasse necessário agir com cautela, seguir-se-ia sua ruína, pois jamais se teria desviado daqueles modos de agir a que a natureza o inclinava.

Concluo, portanto, que, variando a sorte e permanecendo os homens obstinados em seus modos de proceder, serão felizes enquanto tempos e modos sejam concordes e infelizes, quando forem discordes.

Julgo, no entanto, que seja melhor ser impetuoso do que cauteloso, porque a sorte é mulher e, querendo dominá-la, é necessário bater nela e forçá-la.

E pode-se ver que ela se deixa vencer mais por estes do que por aqueles que procedem friamente. Entretanto, a sorte, como mulher, sempre é amiga dos jovens, porque são menos cautelosos, mais atrevidos e com maior audácia a dominam.

Capítulo XXVI

EXORTAÇÃO PARA TOMAR A DEFESA DA ITÁLIA E LIBERTÁ-LA DAS MÃOS DOS BÁRBAROS
(EXHORTATIO AD CAPESSENDAM ITALIAM IN LIBERTATEMQUE A BARBARIS VINDICANDAM)

Consideradas, portanto, todas as coisas aqui expostas e pensando comigo mesmo se, no momento presente na Itália, corriam tempos capazes de honrar um príncipe novo e se havia motivo que assegurasse a alguém, prudente e valoroso, a oportunidade de nela introduzir uma organização que desse honra a ele e fizesse bem a todos os habitantes, parece-me que concorrem tantas circunstâncias favoráveis a um príncipe novo que não sei qual época poderia ser mais adequada para isto.

E se, como já disse, para se conhecer a virtude de Moisés era necessário que o povo de Israel estivesse escravizado no Egito, para conhecer a grandeza do ânimo de Ciro, que os persas fossem oprimidos pelos medas e o extremo valor de Teseu, que os atenienses estivessem dispersos, assim também no presente, querendo conhecer a virtude de um espírito italiano, era necessário que a Itália se reduzisse ao ponto em que se encontra no momento e que ela fosse mais escravizada do que os hebreus, mais oprimida do que os persas, mais desunida do que os atenienses, sem chefe, sem ordem, batida, despojada, lacerada, invadida e tivesse suportado ruína de toda espécie.

Embora tenha surgido até aqui certo vislumbre de algum príncipe, podendo ser julgado como ordenado por Deus para a redenção da Itália, no entanto foi visto depois, no apogeu de suas ações, como foi abandonado pela sorte.

De modo que, tornada sem vida, espera por aquele que cure suas feridas e ponha fim aos saques da Lombardia, às depredações no Reino de Nápoles e na Toscana, e a sare daquelas suas chagas já de há muito gangrenadas.

Vê-se como ela implora a Deus que lhe envie alguém que a redima dessas crueldades e insolências bárbaras.

Vê-se ainda toda ela pronta e disposta a seguir uma bandeira, desde que haja quem a empunhe.

Nem se vê no presente em quem possa ela confiar a não ser em vossa ilustre Casa, a qual, com sua sorte e virtude, favorecida por Deus e pela Igreja, da qual é agora príncipe, poderá tornar-se comandante desta redenção[1].

Isso não seria muito difícil, se colocardes sob os olhos as ações e a vida dos acima mencionados. E embora aqueles homens sejam raros e maravilhosos, não obstante foram homens, mas todos eles tiveram oportunidade menor que a presente, porque o empreendimento de cada um deles não foi mais justo nem mais fácil do que este, nem foi Deus mais amigo deles do que de vós.

É de grande justiça o que digo: *Justum enim est bellum quibus necessarium, et pia arma ubi nulla nisi in armis spes est*[2].

Aqui está uma oportunidade extremamente favorável e onde a oportunidade é grande, a dificuldade não pode ser grande, desde que ela imite o modo de agir daqueles que assinalei como exemplos.

Além disso, aqui são vistos acontecimentos extraordinários, sem precedentes, emanados de Deus: o mar se abriu, uma nuvem mostrou o caminho, a pedra verteu água, aqui choveu o maná. Todas as coisas concorreram para vossa grandeza.

---

(1) Esta frase e várias das seguintes se dirigem à Casa dos Medici que governavam Florença ou o Grão-Ducado da Toscana.
(2) "Justa é aquela guerra que é necessária e piedosas são aquelas armas quando nenhuma esperança resta, senão pelas armas."

O restante deve ser feito por vós. Deus não quer fazer tudo, para não nos tolher o livre-arbítrio e alguma parte daquela glória que cabe a nós.

E não é de se admirar que algum dos já citados italianos não tenha podido fazer aquilo que se pode esperar que faça vossa ilustre Casa e se, em tantas revoluções da Itália e em tantas manobras de guerra, possa parecer sempre que na Itália a virtude militar esteja extinta, porque isso decorre de suas antigas instituições que não eram boas e não houve quem soubesse encontrar novas.

E nenhuma coisa traz tanta honra a um príncipe que surge do nada e promove novas leis e novos instituições por ele elaboradas. Quando estas coisas são bem fundadas e em si encerrem grandeza, tornam o príncipe digno de reverência e admiração.

E na Itália não faltam motivos para introduzir qualquer reforma. Aqui existe grande valor no povo, sempre que faltar nos chefes.

Observai nos duelos e nos combates entre poucos, quanto os italianos são superiores na força, na destreza, na astúcia. Mas quando se passa para os exércitos, não comparecem.

E tudo procede da fraqueza dos chefes, porque aqueles que sabem não são obedecidos e todos acham que sabem, não tendo surgido até agora alguém que tenha sabido se distinguir pela virtude ou pela sorte, de modo que os outros cedam.

Disso decorre que, em tanto tempo, em tantas guerras feitas nos últimos vinte anos, sempre que se formou um exército inteiramente italiano, sempre deu péssima prova de si, do que dão testemunho o Taro, depois Alexandria, Cápua, Gênova, Vailate, Bolonha, Mestre[3].

Querendo, pois, vossa ilustre Casa seguir aqueles excelentes homens que redimiram suas províncias, é necessário, antes de toda e qualquer outra coisa, como verdadeiro fundamento de qualquer campanha, prover-se de tropas próprias, porque não se pode ter outros mais fiéis, mais seguros e melhores soldados.

E embora cada um deles seja bom, todos juntos tornar-se-ão ainda melhores, quando vissem estar sob o comando de seu príncipe e por este honrados e bem tratados.

É necessário, portanto, preparar esses exércitos, para poder, com a virtude itálica, defender-se dos estrangeiros.

E embora as infantarias suíça e espanhola sejam consideradas terríveis, em ambas existem defeitos, pelo que um terceiro tipo de ordenamento militar poderia não somente opor-se a eles, mas confiar em superá-las.

Porque os espanhóis não podem enfrentar a cavalaria e os suíços deverão ter medo dos infantes, quando no combate os encontrarem obstinados como eles. Já se viu e poder-se-á ver ainda, como prova, os espanhóis não poderem enfrentar uma cavalaria francesa e os suíços serem derrotados por uma infantaria espanhola.

E embora desse último caso não se tenha tido plena prova, contudo foi vista uma amostra na campanha de Ravenna, quando as infantarias espanholas se defrontaram com os batalhões alemães, os quais possuem a mesma organização dos suíços. Os espanhóis, com a agilidade do corpo e auxílio de seus pequenos escudos redondos, infiltraram-se nas fileiras de seus lanceiros, por debaixo, e ficavam seguros, podendo feri-los, sem que os alemães tivessem como impedi-los. Se não fosse a cavalaria que atacou os espanhóis, estes teriam matado a todos.

Pode-se, portanto, conhecido o defeito de uma e de outra dessas infantarias, organizar uma diferente que resista à cavalaria e não tenha medo dos infantes, o que poderá fazê-lo o tipo de armas e as mudanças táticas na ordem de batalha.

Estas são daquelas coisas que, reordenadas, conferem reputação e grandeza a um príncipe novo.

Não se deve, portanto, deixar passar esta oportunidade, a fim de que a Itália veja, depois de tanto tempo, aparecer um seu redentor.

Nem posso exprimir com que amor ele seria recebido em todas aquelas províncias que têm sofrido por essas inundações estrangeiras, com que sede de vingança, com que fé obstinada, com que piedade, com que lágrimas.

Quais portas lhe seriam fechadas? Quais povos lhe negariam obediência? Qual inveja haveria de opor-se a ela? Qual italiano lhe negaria seu favor? A todos repugna este bárbaro domínio.

Tome, portanto, vossa ilustre Casa esta incumbência com aquele ânimo e com aquela esperança com que se abraçam as causas justas, a fim de que, sob sua insígnia, esta pátria seja nobilitada e, sob seu patrocínio, se verifique aquele dito de Petrarca:

"Virtude contra furor
tomará em armas, e que seja o combate breve,
porque o antigo valor
nos itálicos corações ainda não morreu."

Vida e obras do autor

Niccolò Machiavelli (Maquiavel é forma aportuguesada) nasceu no dia 3 de maio de 1469, filho de Bernardo Machiavelli, advogado, e de Bartolomea de' Nelli, no bairro de Santa Trinità, cidade de Florença. Tinha mais três irmãos: duas irmãs mais velhas, Primavera e Margherita, e o irmão mais novo Totto, nascido em 1475. O restante dos dados biográficos mais importantes são apresentados em ordem cronológica, por simples tópicos.

1476 – Maquiavel ingressa na escola de gramática e, nos anos seguintes, estuda latim e matemática.

1497 – Com sólida formação humanística, Maquiavel começa a escrever seus livros.

1498 – Secretário de Estado de Florença.

1499 – Intervém como embaixador de paz ou de tratados políticos entre estados italianos.

1500 – Morre seu pai. Cumpre outras missões como embaixador, inclusive na França.

1501 – Novas missões como embaixador. Em agosto, casa-se com Marietta Corsini; teve sete filhos: Primerana, Bernardo, Lodovico, Piero, Guido, Bartolomea e Totto.

1502 – Novas missões diplomáticas junto a Estados da Itália.

1504 – Nova missão como embaixador junto à França.

1505 – Várias missões diplomáticas junto a Estados da Itália.

1506 – Missão diplomática junto ao Vaticano.

1507 – É nomeado Chanceler em Florença.

1510 – Nova missão junto ao rei da França.

1511 – Outra missão junto ao rei da França e várias missões diplomáticas na Itália.

1512 – Maquiavel é deposto e confinado dentro do território florentino e ainda multado.

1513 – Suspeito de um complô, é preso e torturado, sendo libertado pela intervenção do Papa Leão X.

1518-1526 – Aceita missões comerciais junto a outros estados, encomendadas pelos mercadores florentinos.

1526 – É nomeado provedor e chanceler em Florença.

1527 – Morre, no dia 21 de junho, em Florença.

Principais Obras

- *A Arte da Guerra*
- *Belfagor, o Arquidiabo*
- *Clizia*
- *Decennale Primo*
- *Del Gastigo si Doveva dare Alla Città d'Arezzo et Valdichiana*
- *De Natura Gallorum*
- *Discursos sobre a Primeira Década de Tito Livio*
- *Discorso sopra le cose della Magna e sopra l'imperatore*
- *Discorso sulla Milizia a Cavallo*
- *Discursus de Pace Inter Imperatorem et regem*
- *Ghiribizi scripti in Perugia al Solderini*
- *O Príncipe*
- *Istorie Fiorentine*
- *La Cagione dell'Ordinanza*
- *L'Asino*
- *A Mandrágola*
- *Parole da Dirle sopra la Provisione del Danaio*
- *Provisione della Ordinanza*
- *Rapporto delle cose della Magna*
- *Ritracto delle cose della Magna*
- *Ritracto di cose di Francia*

IMPRESSÃO E ACABAMENTO:
GRÁFICA ARAGUAIA